KB081220

그림이 된 생각들

전현선 그리고 쓰다

열림원

우연히 한장소에 있다가 헤어지는 사람들, 사물들.
언젠가 그들은 다시 같은 장소에서 만나게 된다.

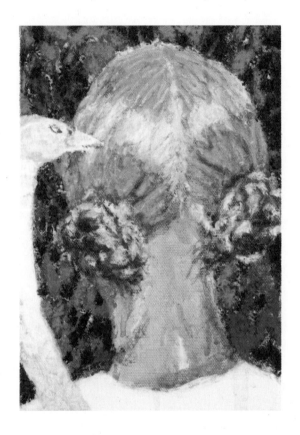

untitled, 2013, watercolor on canvas, 22.7 x 15.8 cm

비밀의
방에서의
대화

유리병처럼 속을 훤히 들여다볼 수 있는 사람.
그런 사람이 있다면 세상에서 가장 불행한 사람일 것이다. 정직하고 솔
직해야 한다고 하지만, 사람이 비밀 없이 투명하다면 살아가는 것도, 타
인과 관계 맺는 것도 불가능할 것이다. '열 길 물 속은 알아도 한 길 사람
속은 알 수 없다'는 속담은 속을 알 수 없어야 사람이라는 말로 들린다.
우리가 누군가에게 매력을 느낀다는 것은 어쩌면 그 사람의 보여지는 부
분이 아닌 숨겨진 부분을 알고 싶은 열망에서 비롯되는 것이 아닐까.

사람마다 비밀의 방의 크기나 개수가 모두 다르고, 문을 여는 시기와 빈
도도 모두 다르다. 그 지점에 있어서 나는 나 자신이 정말 까다로운 사람
이라고 매번 느낀다. 나는 여러 개의 비밀의 방을 가지고 있고, 그 방들

은 끊임없이 이어져 끝을 알 수 없고, 여러 개의 복잡한 통로로 서로 얽혀 있다. 나조차도 그 안에서 방향을 잡지 못하고 길을 잃어버리곤 한다. 마음속 비밀의 방은 온통 부끄러운 것들로 가득 차 있다. 보통의 모습으로 다가오는 사람들에게는 보여줄 수 없는 것들이다. 세상의 수많은 사람들 중에서 나에게 특별하다고 느껴지는 사람들에게는 그나마 창문을 열어 보일 수 있다. 부끄러워서 쉽게 보여줄 수 없는 것들을 실은 상대도 가지고 있다고 느낄 때, 내가 먼저 창문을 열면 상대도 열어줄 것이라는 믿음이 생길 때 그것은 가능해진다.

어느 날 피터가 내 비밀의 방으로 찾아와 말을 걸었다. 피터와의 대화는 내 안의 무언가를 깨웠고, 나를 황홀한 꿈으로 초대했다. 새로운 사람을 만날 때면 늘 나 자신이 뒤돌아 있다는 느낌을 받았는데, 그 후론 뒤로 돌아 내 표정을 보일 수 있게 되었다.

대화는 두 사람 사이에서 이루어지는 가장 가치 있는 일이다. 그리고 대화는 결코 사람을 실망시키지 않는다. 그것은 두 개의 절벽 사이에 튼튼한 다리를 놓아준다.

비밀스럽고도 진실한 대화를 나누고 싶다.

◇
차례

Part 2

◆

피
터
에
게

말
을

걸
었
다

별로 말이 없는 조용한 성격의 아이인 줄 알았다.
그래서 그 앞에서 종종 혼잣말을 던지곤 했다.
그런데 우연히 그 아이, 그림의 목소리를 들을 수 있게 되었다.
그렇게 그 비밀스러운 이야기들을 기록해나갔다.

Part 1

피터가

말을

걸었다

◇

네
개
의
뿔

　　　　　　5년 전, 여느 때와 다름없이 드로잉을 하고 있었
다. 나도 모르게 원뿔을 여기저기 반복해서 그리고 있는 사실을 발견했
다. 전부터 계속 그리고 있었겠지만 알아차리는 데 시간이 걸렸던 것 같
다. 원뿔에 애착을 갖게 된 이유는 기억나지 않지만 이렇게 알아차린 순
간은 선명히 기억할 수 있다. 어쩌면 내가 짐작하는 시점보다 훨씬 오래
전부터 원뿔이 내 그림 속에 숨어 있었는지도 모르겠다. 곰곰 생각해보
니 알 것 같기도 한데, 내가 원뿔을 자주 그리는 이유는 오즈의 마법사
를 닮아서인 것 같다. 어렸을 때 본 동화 속에서 오즈의 마법사는 도로
시와 친구들이 자신들의 문제를 해결해주기를 바라는 만능의 인물이었
다. 마법사의 성에 도착해 한 명씩 고민을 들고 마법사를 만나러 갔을
때, 그들이 만나는 모습은 서로 달랐다. 그러나 오즈는 마법을 부릴 수

없는 평범한 사람이었고, 도로시 일행은 고민의 해결 지점이 자기 자신
에게 있음을 깨닫게 된다. 도로시, 허수아비, 양철 나무꾼과 사자의 고민
해결사라는 점은 같지만 누가 찾아왔는가에 따라 눈앞에 보이는 오즈의
모습은 제각각이었는데, 나는 오즈의 그 점을 좋아한다.

원뿔도 그렇다. 구, 정육면체 등과 같은 추상 형태이지만, 다양한 구체적
형태로 변신할 수 있다. 또, 다른 추상 형태들보다 내가 관심을 갖고 있는
사물들과 더 친하기에 매력적이다. 원뿔은 산이 될 수 있고, 염소와 산양
의 뿔도 될 수 있다. 생일 축하 모자도 될 수 있고, 새의 부리, 장미의 가
시도 될 수 있다(어렸을 때 장미 줄기의 가시를 떼어 콧잔등에 붙여 코뿔소 흉
내를 내곤 했다). 자연의 구조를 추상화하고자 노력했던 화가 폴 세잔도 이
런 말을 했다. "자연은 구, 원뿔, 원기둥으로 파악하는 것이 좋다."

네 개의 뿔, 2013, watercolor on canvas, 162.2 x 130.3 cm

〈네 개의 뿔〉의 화면 안에는 (제목에서 알 수 있듯이) 네 개의 뿔이 있다. 외뿔이 산양의 뿔로 변신했다. 소녀와 산양은 무언가에 반응하는 듯, 춤을 추는 듯 어떤 행동을 하고 있다.

사실 이 둘은 서로를 모방하고 있다. 소녀는 산양이 되고 싶어 하고 산양은 소녀가 되고 싶어 한다. 둘 사이에 무슨 일이 있었는지 모르지만 그들은 서로를 갈망하며 모방하게 되었다. 산양은 두 다리로 걷고 싶어서 평생 엎드려 있을 등을 하늘을 향해 꼿꼿이 펴보았다. 소녀는 두 개의 뿔을 머리에 달고 산양의 몸짓을 흉내 낸다. 이 둘은 마치 무대에 있는 것 같다. 나무들은 웅성거리고, 산양은 슬퍼 보이고, 소녀의 입가엔 약간의 미소가 번져 있다.

누군가를 부러워하고 따라 하려 하고 닮고 싶어 하는 마음. 누구나 경험해보았을 그 욕망은 일생 동안 계속 품게 되는 욕망 중 하나일 것이다. 어린 시절, 사촌 언니는 나의 부러움의 대상이자 모방의 대상이었다. 언니가 무엇을 사면 그것이 예쁘든 밉든 나도 그것을 원했다. 여기저기 레이스와 리본이 달려 있는 연분홍색 원피스를 똑같이 따라 샀고, 책을 따라 샀고, 머리 스타일을 따라 했다.

최근에 명절날 할머니 댁에 갔을 때 나의 '지독한' 욕망을 확인할 수 있는 재미있는 사진을 한 장 발견했다. 아직은 춥던 봄, 가족, 친척 들이 모두 모여 꽃박람회에 갔을 때 찍은 것인데, 사촌 언니와 나는 심지어 사진 속 포즈까지 비슷하다.

언니의 물건에 대한 갈망은 초등학교를 벗어나서야 완전히 극복되었다.

아니다. 사실 나는 지금도 누군가를 닮고 싶어 하며 살고 있다. 극복된 것이 아니라 다른 대상이 나를 기다리고 있었던 것이다.

'부러우면 지는 것이다'라는 말 대신에 '부러운 건 당연한 것이다'라고 말하고 싶다. 좋아하는 화가들의 오프닝 풍경을 볼 때마다 가까운 미래에 그런 오프닝의 주인공이 될 수 있기를 꿈꾼다. 상상 속의 오프닝 파티는 작업이 막혔을 때 기분을 전환할 수 있는 가장 큰 원동력이 된다.

화가들뿐만이 아니다. 나는 오랫동안 파트리크 쥐스킨트를 닮고 싶어 했다. 은둔자로 지내면서 매력적인 글들을 써내는 작가. 『콘트라베이스』, 『비둘기』, 『깊이에의 강요』, 『좀머 씨 이야기』는 성인이 될 무렵의 나에게 많은 영향을 주었다. 책 무게가 가볍게 느껴질 만큼 짧지만, 읽은 후에 다시 책장에 꽂아놓지 않고 곁에 두고 싶을 만큼 여운이 긴 작품들이다. 특히 『비둘기』를 읽고는 생생하게 그려지는 소설 속 장면 때문에 괴로워할 만큼 강한 인상을 받았다. 혼자 있는 시간을 유난히도 많이 필요로 했던 나에게 파트리크 쥐스킨트는 큰 위안이 되었고, 그는 나만의 비공식 멘토로 자리 잡았다.

가깝게 주변의 지인들에게서 훔쳐 오고 싶을 정도로 좋은 면들을 발견하는 경우도 많다. 그리고 그들을 닮아가고 있는 나 자신의 모습에 깜짝 놀라곤 한다. 좋아하면 닮아가게 되는 것이다.

몇 명을 소개하고 싶다. 내가 좋아하는 A 언니는 정보 수집가이다. 자신과 가까운 사람들의 이야기를 듣고 정보 수집가처럼 기억을 한 뒤 대화 도중에 세심하게 꺼내 모두를 놀라게 만든다. 나의 오랜 친구인 J는 모두에게 사랑스러운 존재이다. 모두에게 재미있으며 모두에게 보살핌을 받는다. 첫 전시를 인연으로 만나게 된 작가 L은 마음이 가는 사람이다. 그의 작업을 보고 있으면 과거에 대한 향수에 파묻히며 즐거운 그리움을 느끼게 되는데 내 작업도 누군가에게 그렇게 진실되게 다가갈 수 있었으면 한다.

나는 콜라주다. 가족, 친구들, 지인들, 나를 지나쳐 간 사람들, 그들 모습의 단편들이 콜라주되어 있는 한 장의 조각보다. 모방 욕구는 때때로 질투와 시샘 같은 부정적인 감정으로 보이지만, 그것이 서로의 모습을 공유할 수 있게 해주기에 우리가 서로에게 더 많이 공감하는 것이 아닐까.

◇

몽
夢

택시는 목적지에 도착했는지 갑자기 멈춰 섰다.
나는 잠깐 잠이 들었던 것 같다. 택시 안에는 나와 기사, 그리고 어떤 사
람 두 명이 같이 타고 있었다. 모르는 사람들이었는데 언제부터 같이 타
고 있었는지는 알 수 없었다. 택시 안은 조용했다. 어딘가에 도착했으니
일단 내렸다.
내 앞에 펼쳐진 풍경은 너무나도 우울하면서 동시에 아름다웠다. 하늘은
너무 오래되어서 뿌옇게 변해버린 푸른빛 술처럼 무겁게 깔려 있었다. 사
막과 들판의 중간쯤 되어 보이는 애매한 땅에는 신기한 풀들이 드문드문
자라 있었다. 말이 없어도 알 수 있었다. 우리 네 사람이 그 자리에 서서
각자의 감상법으로 풍경을 느끼고 있다는 것을.
한참 시간이 흐른 뒤 다시 택시를 타고 왔던 길을 따라 조금 가니 '관광

타운'이라는 단어에 어울릴 만한 시설들이 있었다. 한때 호황을 누리다가 갑자기 세가 기울어 모두가 버리고 떠난 슬픔의 도시 같았다. 엄청나게 큰 식물원이 있었고, 호텔과 사우나 시설도 있었다. 거의 모든 건물이 흰색으로 칠해져 있었다. 도로는 굽이굽이 나 있었지만 깔끔했다.

택시는 도시를 대충 둘러본 후 이제 그곳에서 벗어나려는 듯했다. 나는 입을 열지 않고 운전석을 건드려 세워달라는 표시를 했다. 이대로 이 미지의 도시를 벗어나면 후회할 것이 분명했기 때문이었다. 주소까지 사라져 다시 찾아올 수 없을 듯한 도시, 나는 이 도시의 마지막 방문자가 되고 싶었다. 잃어버린 도시의 마지막 방문자.

차에서 내려 도시의 중심을 향해 뛰어갔다. 대형 식물원 입구에 다다르자 세로로 길게 붙은 간판이 보였다.

VALCAN?

DANKIR?

DETON?

KANON?

글자는 큼지막했지만 잘 읽히지 않았다. 어지러웠다.

그 순간, 저 너머 부엌에서 들려오는 그릇 부딪히는 소리에

그만 깨어나고 말았다.

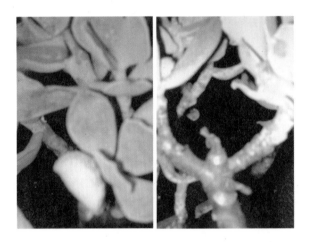

꿈을 잘 기억하는 사람

나는 사람들을 만나면 종종 꿈을 자주 꾸는 편인지 물어본다. 그 대답에 따라 그가 어떤 사람인지 짐작할 수 있기 때문이다. 꿈을 많이 꾸는 사람들은 예민하고 미래에 대해 불안감을 많이 느끼는 사람들일 것이다. 혹은 초현실주의 화가인 살바도르 달리처럼, 조용히 붙잡아둘 수 없는 상상력으로 넘치는 사람들일 것이다.

성격이 어떻든 꿈을 꾸고 기억할 수 있는 것은 행복이다. 잠을 깊게 잘 수 없다 해도 나는 꿈을 꾸는 편을 선택할 것이다. 엄마는 나이가 들면서 점점 꿈을 꾸지 않게 되었다고 하신다. 친한 친구인 P는 항상 기괴하고 낯선 느낌의, 이미지가 강한 꿈을 꾼다. 그리고 그 느낌을 나누고 싶어 한다. 고등학교 친구인 C는 꿈을 잘 꾸지 않는 편이었는데, 어느 날 새벽에 꾼 이상한 꿈에 대해 얘기하면서 자신이 그린 드로잉을 보여주었다. 그림 속의 두 여자는 코가 닿을 정도로 얼굴을 가까이 대고 있었다.

나는 꽤 예민하고, 모든 것에 신경을 많이 쓰고, 아주 사소한 것부터 큰 문제까지 걱정하지 않는 게 없는 사람이다. 이런 성격 덕분인지 꿈을 많이 꾸고, 깨어난 후에도 꿈을 잘 기억하는 편이다. 중국에 여행을 가서 오래된 전통 시장을 구경하는 꿈을 꾼 적이 있다. 상점들과 진열된 물건들(어딘가 평범하지 않게 보이는)이 얼마나 세밀하게 보이던지, 입이 벌어질 정도였다. 시각적으로도 촉각적으로도 너무나 생생한 꿈이었다. 나는 중국에 한 번도 가보지 못했으니 그 꿈은 아마도 중국에 대해 여기저기서 보고 들은 정보들이 한데 뒤섞여 모여 있는 전시장 같은 것이었을 것이다.

중국뿐만이 아니다. 나는 꿈속에서 지구 곳곳을 돌아다닌다. 특히 내가 아직 가보지 못한 나라에 가는 꿈을 많이 꾼다(가보지 못한 곳에 대한 환상이 훨씬 더 크기 때문일 것이다). 꿈속에서 갑자기 비행기 표가 생긴 적도 많았다. 하지만 대부분 출발 시간이 얼마 남지 않은 티켓이었다. 이상하게 몸이 천근만근 무거워져 제대로 짐도 챙기지 못하고 공항으로 뛰어갔는데 비행기는 이미 떠난 후였던 경우도 부지기수였다. 그렇게 파리, 로키마운틴행 비행기를 아쉽게 놓쳐버렸다. 새처럼 능숙하게 아파트 단지 위를 날다가 잠깐 든 다른 생각 때문에 이카로스처럼 땅으로 곤두박질치는 꿈도 꾸었다. 또, 죽음과 관련된 꿈도 몇 번 꾸었다. 꿈을 꿀 당시에는 가슴이 미어질 정도로 힘들었지만 그런 꿈은 삶과 죽음에 대해서 깊이 생각해볼 수 있는 기회가 되어주었고, 살아 있는 동안 향해야 할 방향과 누려야 할 것들에 대해 한 번쯤 돌아보게 해주었다.

재미있는 꿈을 꾸고도 쉽게 잊어버리는 것이 아쉬워 매일 아침 일어나 공
책에 메모한 적이 있었다. 하지만 오래지 않아 그만두었다. 매번 꿈을 스
펙터클하게 과장하는 것 같기도 했고, 꿈속에서의 상황과 느낌이 각인되
어 하루의 일상을 방해하기도 했다. 이제는 아주 인상적인 꿈이 아니면
침대에서 일어나면서 잊어버리려고 노력한다.

도익의 꿈

꿈을 많이 꾸는 사람임에도 불구하고, 내가 다가갈 수 없는 꿈이 있다.
〈도익의 꿈〉이 바로 그 꿈에 대한 그림이다.

작업이 막혀 답답하고 신경이 곤두서서 잠이 잘 오지 않을 때면 좋아하

는 작가의 도록을 본다. 좋아하는 작가도 여러 명이고, 도록도 여러 권 있지만 그중에서도 유독 좋아하는 것이 있다. 피터 도익Peter Doig이라는 스코틀랜드 출신 화가의 것이다. 그는 작품에서 현실과 꿈 사이의 경계를 허무는 몽환적 분위기를 연출하는데 독특하게 구사하는 유화 기법과 화면 구도가 매력적이다. 그의 도록을 보고 있으면 가본 적 없는 곳으로의 추억 여행이 시작된다. 여행의 풍경은 내 꿈들과 닮아 있다.

도익의 많은 작품들 중에서도 딱 한 작품에 마음이 강하게 끌린다. 거부할 수 없는 초대장을 받았지만 기적이 일어나지 않고는 그곳에 갈 수 없는 슬픈 사연처럼, 나와 그 작품 사이의 거리는 멀고도 멀다.

나무 위에 한 소녀가 올라가 있다. 때는 밤이고, 나무 사이사이에

는 은하수 같은 많은 별들이 걸려 있다. 소녀는 하얀 옷을 입고 키
가 큰 나무 중간쯤에 올라가 있다. 엷은 웃음기를 띤 묘한 표정이
다. 키가 큰 나무는 한 그루가 아니다. 여러 그루가 모여 소녀를 보
좌하고 있는 것처럼 보인다.

작가는 이 그림의 바탕이 된 사진 이미지와 드로잉을 도록에 수록했다.
사실의 객관적인 기록인 사진에서 출발하여 드로잉을 거쳐 캔버스로 오
는 동안 이미지는 동화적 상상력을 입었다.
이 작품과 나 사이의 거리를 없앨 수 있는 방법은 꿈이라고 생각했다. '꿈
속에서 이 그림 속으로 들어갈 수 있다면!' 멋진 왕자님을 기다리듯 여러
밤을 그 생각을 하며 보냈지만 소원은 끝내 이루어지지 않았다.

도익의 꿈, 2013, watercolor on canvas, 100.0 x 72.7 cm

나는 내 꿈을 적극적으로 표현하기로 했다. 〈도익의 꿈〉은 '유년기의 내가 도익의 작품 속 주인공이 되어 알지 못하는 누군가를 기다리고 있다면' 하는 상상에서 비롯된 작품이다. 이 상상의 공간에서 잠자리들은 요정이 되어 내 곁에서 날갯짓하고, 나무는 노란빛을 내며 내가 환상적인 무언가를 꿈꿀 수 있도록 도와준다.

그러나 슬프게도, 이 그림을 그린 후에도 나는 소원을 이루지 못했다. 언젠가 내가 까맣게 잊고 있을 때 도익의 꿈이 불쑥 나를 찾아와 나를 흔들어놓지 않을까, 기대해본다.

꿈속에서는 이야기가 펼쳐진다. 장편소설, 단편소설, 대서사시 등이 될 수도 있고, 영화 장르의 다큐멘터리, 로맨스, 스릴러, SF 등이 될 수도 있다. 필름은 계속 돌아가는데 절정도 결말도 없는 평평한 이야기가 되기도 한다. 그리고 꿈은, 때론 이야기가 없는 회화 작품이 되기도 한다. 깨어난 후에도 오랫동안 선명하게 기억나는 하나의 장면. 평범한 감정에서부터 극한의 감정까지, 꿈에서는 잊혀졌던 무수한 감정들이 되살아난다. 무의식 속에 잠들어 있었던 크고 작은 비밀들까지도.

◇

가만히 눈을 감으면

가만히 눈을 감는다. 눈을 감으면 시작되는 어둠 속에서 잠시 기다리고 있으면, 여러 가지 단서들이 내게 길을 보여준다. 환상적인 장면이 내게로 다가오기 시작한다. '환상'이라는 단어의 첫인상처럼 역동적으로 펼쳐지는 풍경과는 조금 거리가 먼, 조용하고 정적인 풍경이다. 아주 오래전부터 내가 스스로 만들어온 상상의 산물이라고 생각한다.

누구나 눈을 감으면 어떤 풍경이 떠오르고 그 흐릿한 풍경을 음미하게 될 것이다. 주로 긍정적인 느낌을 주는 풍경일 테지만 그것은 기억에 따라 다를 것이다. 기억에 남은 아주 인상적인 순간일 수도, 기억하기 싫었던 장면(그래서 더더욱 선명하게 떠오르는)일 수도 있다. 내 경우에는 눈을 감으면 집과 집을 둘러싼 풍경이 펼쳐진다.

잎 속의 젊은 집, 2013, watercolor on canvas, 60.6 x 45.5 cm

길을 나선다. 집으로부터. 의심 없는 안락함의 온기와 차가운 바깥 공기가 만나는 경계에서 머뭇거리게 되지만 발걸음은 이미 문 바깥으로 향해 있다. 조금 가다 뒤를 돌아보면 집은 여전히 편안한 모습으로 앉아 있다. 계속 향해 가는 쪽은 온통 초록빛으로 가득 차 있다. 초록색이라는 범주 안에 셀 수 없이 다양한 초록색들이 모여 있다. 그 자체만으로도 나는 행복하고 흥분된다. 방금 전까지 느꼈던 망설임은 어디론가 사라지고 나는 성큼성큼 걷고 있다. 그때, 무언가가 내 시선을 낚아챈다.

빌라와 아파트에서만 살아왔음에도 불구하고 집이라는 단어가 불러오는 이미지는 삼각 지붕과 굴뚝, 창문이 있는 이상적인 집의 이미지다. 옛날에 동화책에서 자주 보던 집 같다. 나무와 덤불 들이 그 주변을 둘러싸고 있고 새들이 지저귄다. 언제부터인지 모르지만 이러한 상상 속의 집이 내 의식 속에 자리 잡고 있다. 나는 그 집 안에서 편안함을 느끼지만, 이따금씩 집을 나서서 모험을 떠난다.

예상치 못했던 일이 나를 흐트러뜨린다. 기분이 나쁘지는 않다. 어떤 일이든 일어날 것이라고 기대했기 때문이리라. 쉬고 있던 감각들이 깨어나 온 피부를 시끄럽게 두드리고 온몸의 피가 빨리 돌기 시작한다. 쉽게 정리할 수 없는 사건의 단편들이 머릿속을 지나간다.

나뭇가지, 수치심, 폭풍우, 비, 말장난, 주먹, 종이 뭉치, 깜박거리는

불빛, 다람쥐, 덫, 질투, 상처, 물수제비, 달팽이, 흙먼지, 보호색, 실
오라기, 양말, 의심. 이 모든 것이 튀어나와 한데 뒤엉킨다.

마음을 추스르고 왔던 길로 되돌아간다.
집. 문을 열고 들어가 다시 따뜻한 안락 속에 안긴다.

집이 있고 바깥세상(숲)이 있다. 그 둘은 경계로 나뉘어 있다. 집을 나서
서 새로운 경험을 하고, 또 하나의 경험담을 만들어 다시 집으로 돌아온
다. 이 여정은 나의 작업에 있어 중요한 장치이자 줄거리라고 할 수 있다.
이런 상상 속 여정은 흥분과 기대를 안겨준다. 모든 종류의 드라마를 소
화해낼 수 있는 세트장처럼, 집 바깥의 세상은 열린 공간이자 가능성의

공간이다.

집에서 시작해서 집에서 끝나는 이야기. 집을 안정과 균형이라고 정의할 때, '이야기는 안정감이 깨지면서 시작되고 다시 균형을 회복하는 과정을 따라 전개된다'고 할 수 있다. 깨진 균형은 기분을 좋지 않게 만들지만, 곧 회복될 때를 기다리며 그 또한 즐길 수 있다. 그렇게 집으로 돌아가 균형과 안정을 되찾으면 일상은 특별해진다. 매번 똑같고 지루했던 것들이 새롭게 느껴지고, 사소한 것에서 큰 감동을 느낄 수 있게 된다.

그 무엇도 지루하지 않은 어느 오후. 집 안과 밖의 경계에 선다. 문 지방의 중립적인 태도. 어느 쪽에도 속하지 않은 것 같은 문지방에 서서 정원을 바라본다. 내가 서 있는 경계처럼 정원도 자연과 인공

사이의 경계를 밟고 서 있다. 정원은 조경학적으로 계산되어 만들어진 인공적인 공간이지만 가끔 너무도 자연스럽게 느껴진다. 어쩌면 자연 그대로의 원시림보다도 나에겐 정원이 더 자연스러울지도 모르겠다.

한 곳 한 곳 정성들여 점을 찍듯 천천히 시선을 옮긴다. 미동 없이 잔잔한 연못, 언제부터인가 멈춰버린 분수, 바람도 부대끼지 않는 듯 가만히 서 있는 나무와 꽃 들. 시력이 별로 좋지 않아서 자세히 볼 수가 없다. 시간이 정지된 듯한 저 정원도 가까이 가서 들여다보면 크고 작은 일들이 무수히 벌어지고 있는 혼돈의 공간일 것이다. 가까이 다가가지 않고서는 알 수 없다.

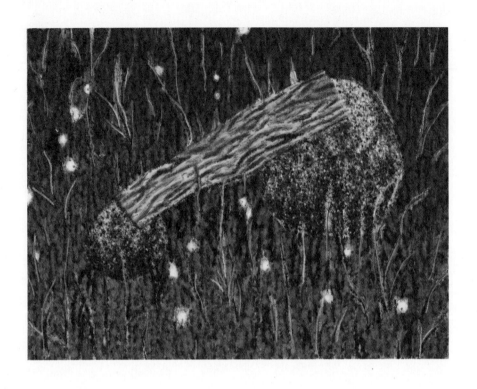

1 원래, 2013, watercolor on canvas, 50.0 x 65.1 cm
2 놀람, 2013, watercolor on canvas, 27.3 x 22.0 cm

1 정원에서의 오후(부분), 2011, oil on canvas, 91.0 x 137.8 cm
2 덤불 속, 2013, watercolor on canvas, 40.9 x 31.8 cm

나뭇. 2013. watercolor on canvas. 60.6 x 50.0 cm

멀리서 보는 모습과 가까이서 들여다본 모습이 다른 대상은 흥미롭다.
가까이 다가갈수록 새로운 모습을 보여주는 대상은 보는 사람으로 하여
금 그것을 소유하고 싶게 만든다. 일관되고 변치 않는 모습에 미덕이 있
다고 하지만 나는 항상 새로운 모습을 보여주는 대상에 이끌리고 만다.
정원이라는 공간에 관심을 갖게 된 것도 궁금증 때문이었다. 내가 살고
있는 아파트 단지를 지나 역으로 가는 길에 담으로 둘러싸인 주택이 있
었다. 정원이 있는 집이었는데, 담장 너머로 보이는 나무들과 빨랫줄, 담
쟁이를 보고 추측만 할 뿐 그 모습을 제대로 볼 수는 없었다. 너무 궁금
해서 한번은 조심스럽게 대문으로 다가가 대문살 사이로 안을 엿보려 했
다. 그러나 순간 쏜살같이 달려와 맹수처럼 짖는 진돗개 때문에 겁을 먹
고 멀리 도망치고 말았다.

그때부터 내게 정원은 아주 사적이고 비밀스러운, 그래서 타인들이 접근해 오기 힘든 그런 공간이 되었다. 풀리지 않은 궁금증 때문에 정원을 더욱더 갈망하게 되었는지도 모르겠다. 실제로 소유하기는 어렵지만 상상 속에서, 캔버스 위에서 갖는 것은 쉽다. 정원의 외관을 스케치하고 그 큰 덩어리 속에 단편적인 경험들을 얇게 끼워 넣는다. 정원에서 있을 법한 일들을 상상하며 다른 곳에서의 경험들을 가져오는 것이다. 공원에서 목격한 새들의 싸움이나, 언뜻 보면 지나칠 만큼 작은 보랏빛 꽃들의 무리, 우리 집 화분의 식물이 점점 진드기로 뒤덮여갔던 일 등, 내가 자연에서 목격한 사건들을 캔버스로 가져온다.

잠시 동안 감고 있었던 눈을 뜨면 모든 게 제자리다. 모든 것이 한순간의 꿈이었나 싶을 정도로. 하지만 나만이 아는 모험담 하나가 이렇게 완성되었다. 감은 눈꺼풀 너머에서 무엇을 상상하고 어떤 이야기를 써 내려가든 이 몇 분간의 몽상은 온전히 나만의 것이다. 그 점이 매력적이다.

또다시 눈을 감는다.

◇

Peter
혹은 외삼촌

　　　　　나에겐 무궁무진한 상상력과 동기를 안겨주는
뮤즈들이 있다. 첫 번째 뮤즈는 큰외삼촌이었다. 정확히 말하자면 큰외
삼촌의 어릴 적 흑백사진 한 장이다. 더 자세히는, 그 사진 속 큰외삼촌
의 표정이다. 장난기 가득하고 한껏 멋 내고 싶어 하는 선글라스 낀 소년
이 사진 속에 있다. 이 소년은 시간 여행을 하지 않고는 결코 만날 수 없
다. 내가 세상에 태어나 처음 만난 큰외삼촌은 이미 어른이 되어 있었기
때문이다.

내가 겪지 못한 시간에 대한 막연한 그리움을 자주 느끼곤 한다. 아주 오
래된 팝송을 들을 때도 비슷한 그리움이 느껴진다. 원래 그리움이란 과거
에 담아놓은 기억 속 무언가를 다시 보고 싶은 감정이다. 그러면 과거에

◆

담아놓은 적 없는 무언가를 그리워하는 감정은 왜 생기는 것일까. 이런 감정은 주로 엄마의 오래된 사진첩을 볼 때 느껴진다. 지금의 나보다 어린 소녀 엄마를 마주하노라면 이상한 기분이 든다. 선글라스 소년을 만났을 때도 그랬다.

"큰외삼촌은 어릴 때 어떤 아이였어?"

"음…… 아주 장난기 많고, 남들이 안 하는 새로운 시도도 많이 하고, 온 동네 친구들과 구슬치기 하면 모든 구슬을 따서 집에 가져오는 큰오빠."

나는 적잖이 충격을 받았다. 명절날 만나는 큰외삼촌은 중후한 가장의 모습이었기 때문이다. 그래서 나는 소년에게 다른 이름을 붙이기로 했다. 'Peter'. 나에게 끊임없이 말을 거는 그 소년을 나는 피터라고 부르기로 했다.

They're in the Triangle, 2010, watercolor on canvas, 65.0 x 53.0 cm

피터를 주인공으로 〈They're in the Triangle〉을 그렸다. 『피터와 늑대』이 야기에 나오는 피터라고 생각하며 어린 외삼촌을 화면 가운데에 세워두 었다. 화면 속의 피터는 역할에 충실하지 않다. 주어진 시나리오를 던져 버린 배우처럼, 자신이 하고 싶은 대사를 마음대로 던지고 있는 것 같다. 생소한 의태어나 의성어를 소리 내고 있다고 해도 전혀 이상하지 않을 것 이다. 피터뿐만 아니라 늑대와 오리도 이야기에 매여 있지 않은 채 자유 롭게 풍경 사이를 가로지른다. 피터와 늑대, 오리는 서로에게 관심을 가 지지 않고 화면 밖으로 시선을 던지고 있지만, 나는 그들이 삼각형을 이 루고 있기를 원했다. 꼭짓점을 연결해서 하나의 도형을 완성하듯 그들을 연결하다보면 하나의 삼각형이 그려진다. 그리고 그 삼각형은 각자의 방 향을 따라 넓어지다가 캔버스 밖으로 벗어날 것이다. 이렇게 그들을 묶어주기도 하고 풀어주기도 하는 삼각형을 만들고 싶었다.

〈They're in the Triangle〉은 내가 지금까지도 계속 빠져들어 진행하고 있는 수채화 작업의 시작점이 되었다. 이 작품을 그린 후에 피터를 모델로 여러 개의 작업을 했는데 하나의 배우가 다양한 캐릭터를 연기하는 것처럼 매번 다른 화면이 완성되었다. 그래도 첫 작품만큼 설렘을 주는 작업은 없었다.

숲은 길을 잃어버렸다

◇

숲은 길을 잃어버렸다. 자신의 마음을 진정으로 알아줄 누군가가 나타나기를 바라고 있지만, 그 누군가가 마음을 열 수 있게 길을 내주는 방법은 잊어버렸다. 그래서 자신에게 다가오는 사람을 깊이 초대하지 못하고 그들을 계속 방황하도록 내버려두게 되었다.

나는 숲과 비슷한 처지이다. 친구 하나 없는 외로운 나무 한 그루 같다. 언제부터 이렇게 외로움을 이기지 못하는 약한 마음을 가지게 되었는지, 그것은 잊어버렸다. 생각해보면 아주 어렸을 때부터였던 것 같다. 나는 사람들의 생각을 읽어내고 싶어 하면서도 다가가 말을 걸어 생각을 나누기보다는, 항상 그들로부터 한 걸음 떨어져 있었다. 그리고 생각을 읽어내는 것이 불가능하다는 것을 깨달은 후부터는 사람들의 행동을 유심히 관찰하고 내 마음대로 분석하곤 했다.

그래서일까. 숲은 나에게 연민의 대상이다. 숲이 못마땅하게 여기더라도 할 수 없다. 숲과 숲에 찾아오는 이들의 모습을 보고 있으면 강한 공감대가 느껴진다. 모두가 숲의 정상을 향해 직선을 그리며 곧게 올라가지만 정상은 산의 전부가 아닐뿐더러 산을 정복했다는 느낌만 줄 뿐이다. 정복이나 극복이라는 말은 한쪽에게는 성취감을 느끼게 해주지만 다른 한쪽을 화나게 만든다. 나는 산을 오르는 대신 그 속에서 헤맨다.

이야기 하나

정상에 거의 다다른 곳에 나무가 한 그루 있다. 아주 오래 산 것

같지도 않고 유래 깊은 품종도 아닌 이 평범한 나무는 그러나 묘한
매력이 있다. 하지만 이 사실을 알아챈 사람은 거의 없다. 단 두 사
람뿐이다. 나와 어린 소년.

소년은 혼자 오거나 가끔 비슷한 또래의 여자아이와 같이 온다. 나
무는 매끈한 피부로 그들을 맞이한다(살에 닿는 촉감이 무척이나 좋
을 것이다). 큼지막한 나뭇잎이 듬성듬성 달려 있고, 가지치기한 듯
잔가지는 없다.

소년은 항상 터질 듯한 가방을 메고 나무를 찾아온다. 이상하리만
치 수평에 가깝게 뻗은 가지가 있는데 소년은 그 가지 위로 올라가

터질 듯한 가방을 열어, 망토 같은 것을 꺼내 걸친다. 그러고는 무
어라고 중얼거린다. 정확히 들을 수도 없고 입 모양도 알 수 없어서
주문을 외는 것처럼 느껴진다. 소년은 두 팔로 나비 날개 같아 보이
는 커다란 망토를 휘젓는 행동만 반복하다가 내려온다. 그러곤 뒤
도 돌아보지 않고 미련 없이 나무를 떠난다. 마치 아무 일도 없었
다는 듯이.

소년은 날고 싶은 걸까? 아니면 그저 위험한 장난을 하고 싶은
걸까?

미처 몰랐던 것들, 2013, watercolor on canvas, 65.1 x 90.9 cm

이야기 둘

여러 개의 작은 폭포들이 모이는 곳이 있다. 이곳에 가면 쉬지 않고 떨어지는 물소리 때문에 항상 귀가 따갑다. 폭포 주변의 커다란 바위에는 무섭게 잘린 뿔들이 여기저기 놓여 있는데, 따가운 물소리가 그 괴기스러움을 증폭시킨다. 어떤 동물의 뿔인지는 정확히 모르겠지만 크기와 모양이 모두 제각각이다. 누군가 버려놓은 것인지, 아니면 누군가의 수집품인지, 알 수가 없다.

얼마 전에 누군가가 그 바위에 모습을 드러냈다. 두상이 드러날 정도로 머리를 짧게 깎은 건장한 남자가 발걸음을 조심스럽게 옮겨가

며 여러 개의 뿔들이 모여 있는 그곳으로 다가왔다. 유난히 눈썹이
긴 그는 자신이 그곳에서 본 것을 자세히 기억하려는 듯 시선이 닿
는 곳마다 오랫동안 관찰했다. 그러다 많은 뿔들 중 두 개를 집어
들었다.

가벼워 보이는 뿔 두 개를 자신의 양 귀에 가져다 대고 남자는 흐
느끼며 돌아다녔다. 그 모습이 몹시도 슬퍼 보였다. 그는 뿔을 잃어
버린 동물들의 마음을 읽으려는 듯했다. 흐느끼는 소리는 대화를
요청하는 소리가 아니었다. 스스로에게 위안을 주려는 원초적인 발
성과도 같았다.

언덕에서, 2013, watercolor on canvas, 100.0 x 50.0 cm

이야기 셋

침엽수와 활엽수가 만나는 지점에서 나방 한 마리와 나비 한 마리가 만나게 되었다. 둘은 흠칫 놀랐다. 여유로워 보이던 날갯짓이 몇 배나 빨라졌다. 푸드득 하는 소리가 내 귀에 들릴 정도로. 날갯짓에 온 힘을 쏟았다고 해도 과언이 아닐 것이다.

긴장감이 풀리고 상대에 대해 안심할 수 있게 되자 둘은 여유를 되찾았다. 그리고 각자의 몸에 있는 가루를 서로에게 묻히기 시작했다. 흰나비는 잿빛 가루를 흠뻑 뒤집어썼고, 나방은 분칠한 듯 하얗게 되었다. 그래서 둘은 언뜻 비슷하게 보이게 되었다.

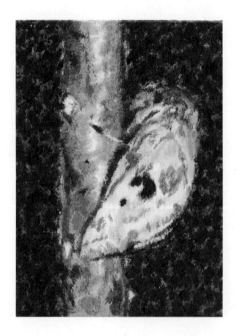

밤2, 2013, watercolor on canvas, 22.7 x 15.8 cm

밤3, 2013, watercolor on canvas, 20.0 x 20.0 cm

더 흥미로운 이야깃거리를 찾아 무작정 숲을 거닐었다. 오늘 저녁에는 무엇으로 배를 채울지, 잠들기 전 침대에 누워서는 어떤 책을 읽을지, 내일 아침에 나를 깨워줄 시계는 몇 시로 맞춰놓을지, 집에 가서 해야 할 일들이 하나둘 떠오르기 시작했다. 이렇게 매일 반복되는 일상의 고민들은 끝없이 생겨나기 마련이다. 머릿속이 점점 더 바빠지고 있을 때, 갑자기 '뚝!' 하는 발에 밟힌 나뭇가지 소리에 놀라 머릿속이 텅 비었다.

자주 오가던 익숙한 길에서 벗어나 낯선 길을 걷고 있었지만 별다르게 새로운 느낌은 들지 않았다. 나무들은 잎이 무성했지만 오후의 강렬한 태양을 모두 막아주진 못했다. 땀이 한두 방울 나기 시작했을 때, 나는 잠시 앉아서 쉴 바위를 찾았다. 편안해 보이는 바위를 발견하고 그쪽으로 방향을 틀었을 때, 왼쪽에서 강렬한 빛이 비쳐 왔다. 커다란 반사판 같은 것으로 태양을 그대로 전달하는 듯한 강렬한 빛에 눈을 뜰 수가 없었다. 나를 괴롭히려는 누군가의 장난이 아닐까 생각하니 화가 나기 시작했다. 직접 가서 확인해보기로 했다.

조심스레 눈에서 손을 떼고 빛 쪽으로 걸어갔다. 점점 다가갈수록 무언가가 보이기 시작했다. 처음에는 커다란 흰 벽처럼 보였다가, 다시 흰 정육면체처럼 보였는데, 자세히 보니 그것은 내가 사는 집보다 조금 큰 크기의 성이었다. 여전히 눈이 부셔 똑바로 응시할 수는 없었지만 성 모양의 어떤 것이라는 것은 분명히 알 수 있었다.
"성이라고 하기에는 작은데?"

나는 혼잣말을 했다. 그동안 숲을 구석구석 돌아다녔는데 이런 신기한 구조물을 왜 발견하지 못했을까. 아주 잘 알고, 너무 익숙해서 지루함까지 느껴졌던 숲. 지금에서야 발견한 이 놀라운 구조물이 당황스러웠지만, 행복했다. 용기를 내어 구조물 안으로 들어가보기로 했다. 가까이서 보니 그것은 알갱이들이 뭉쳐져 만들어진 성이었는데, 소금 같은 알갱이들은 스스로 밝은 빛을 내고 있었다.

문 안으로 들어가니 꽤 커다란 공간이 있었다. 그리고 여러 형체들이 있었다. 그들도 나처럼 새롭고 흥미로운 어떤 것을 찾으러 돌아다니다 이곳에 이른 것일까. 인사라도 나누고 싶어 가까이 다가가자, 그들도 나를 보고 놀라워했다. 그(형상)들은 내가 꿈속에서 본 얼굴들과 닮아 있었다. 예상치 못한 곳에서의 그토록 기다리던 만남이라니! 정말 오랜만에 진심으로 행복을 느꼈다.

나는 실례인 줄도 모르고 그들을 자세히 관찰하기 시작했다. 그러자 그들도 내게 다가왔다. 다정하면서도 친숙하고, 약간 차가우면서도 호감을 주는 얼굴들. 눈썹 모양이 마음에 들었고 피부 결은 고왔다. 그들의 눈동자 속에는 내가 담겨 있었다. 낯선 이의 눈동자 속에서 나를 발견한 것이 어색하고 불편해 뒤로 주춤했을 때, 깨닫고 말았다. 그 방이 온통 거울로 둘러싸여 있다는 것을. 몸이 굳어 움직일 수가 없었다. 거울에 비친 내 모습을 보고 그토록 흥미를 느끼다니. 매일 보던 거울 속 내 모습을 알아보지 못하다니.

아침마다 세수하려고 마주하는 내 얼굴은 그다지 매력적이지 않았다. 항상 불만족스러웠다. 낮은 코, 처진 볼살, 깨끗하지 않은 피부. 하지만 왜일까. 도대체 어떻게 된 일일까. 어떻게 내가 나를 순수한 마음으로 바라보며 좋아할 수 있었던 것일까. 우연하게 발견한 성 안에서, 그토록 찾아다니던 새롭고 좋은 것을 이제야 발견했다고 생각했는데, 그것은 결국 거울에 비친 내 모습이었다. 가장 익숙하다고 생각한 것에서 느낀 낯섦과 새로움. 내가 믿고 있던 모든 것이 뿌리째 흔들리는 느낌. 나는 그렇게 내면의 지진을 느끼며 그 자리에 쓰러져 잠이 들었다.

소금 성, 2013, watercolor on canvas, 53.0 x 53.0 cm

◇

　　　　아침에 일어났을 때 흐린 날씨에 비가 오고 있
으면 기분이 좋아진다. 비 오는 날에 대해 내가 가지고 있는 단상은, 하
루를 처음부터 끝까지 꽉 채우지 않아도 될 것 같은 여유로움이다. 이러
한 단상은 초등학교 때 만들어졌다. 선생님은 소풍 가기 전날 우리에게
가방을 두 개 준비하라고 하셨다. 소풍날 아침에 일어났을 때 해가 쨍쨍
하면 소풍 가방을, 비가 오면 단축 수업 가방을 들고 오기. 당연히 소풍
가는 것이 좋았지만 비가 와서 소풍이 취소되었던 날 느꼈던 가볍고 여
유로운 느낌 또한 좋은 느낌으로 남아 있다.

소풍이 취소되면 선생님께서는 평소엔 잘 해주시지 않던 재미있는 이야
기를 꺼내셨고, 우리가 궁금해하는 이야기도 마음껏 해주셨다. 수업 시
간과 쉬는 시간이 구분이 안 될 정도로 모든 시간이 즐거웠다. 나는 소

◆

풍을 위해 사두었던 간식거리를 친구들과 나눠 먹으며 행복해했다.

비 오는 날에 이렇게 설레게 된 계기가 하나 더 있다. 지금도 오래된 일기장의 한 페이지로 남아 있는 여름날의 하루. 마찬가지로 초등학교 때, 우산을 안 가져온 날 방과 후에 비가 정말 많이 내린 적이 있다. 집은 멀지 않았지만 우산 없이 갈 엄두가 나지 않아 머뭇거리고 있었다. 엄마는 일하셨기 때문에 우산을 가지고 나를 데리러 오실 수 없었다. 정확히 기억나지는 않지만 어느새 나는 우리 반 남자아이의 우산을 같이 쓰고 빗속을 걸어가고 있었다. 빗속을 뚫고 집으로 오면서 어색한 사이에 무슨 얘기를 나눴는지, 어떻게 생긴 아이였는지 아무것도 기억나지 않지만 그때 느꼈던 이상한 감정은 꽤 오랫동안 마음에 남았다. 그때, 우산 속은 축축하면서도 포근한 안개 같은 것들로 가득 차 있었다.

비 오는 날의 흙 냄새, 나무 냄새가 좋고, 질퍽거리는 땅이, 비에 젖은 바지 끝이 좋다. 그리고 우산을 쓰고 걸을 때 나를 살짝 감추고 걷는 것이 좋다. 비를 좋아하는 사람에게 비를 싫어하는 사람이, "(이해가 안 된다는 표정으로) 비가 매일 오는 영국에 살아봐. 아마 너도 비를 지긋지긋해 할걸?" 하고 놀리는 것을 들으면 사람의 날씨에 대한 취향은 살고 있는 환경에 의해 만들어진다는 생각도 하게 된다. 날씨가 좋은 우리나라에서 계속 살았기 때문에 흐린 날을 동경하게 된 것일까.

석 달 동안 베를린에 머물렀을 때 느낀 것은, 그곳 사람들은 해를 애타게 기다릴 수밖에 없는 운명이라는 것이었다. 하루에도 몇 번씩 바뀌는 날씨는 사람을 피곤하게 했고, 약간 우울하게 만들기도 하는 것 같았다. 여름은 온전한 여름이 아니었다. 구름이 몰려와 비를 뿌리면 다시 해가 나

오고, 밤이 되면 가을처럼 쌀쌀해지는 날씨는 여름을 여름답다 느끼지 못하게 했다. 이런 나라에서 하루 종일 햇빛 쨍쨍한 날은 일의 우선순위를 따질 것도 없이 밖으로 나와 즐겨야 하는 축제의 날인 것이다. 인간에게 자유의지가 있고 아무리 자기 마음을 잘 컨트롤할 수 있다고 해도, 이렇게 환경의 힘 앞에서는 무력해지고 만다. 비로 인해 내 기분이 움직이는 것만 보더라도 알 수 있다.

비 오는 날의 들뜬 기분은 작업실에서 더욱 빛을 발한다. 기분이 좋을 땐 무슨 일이든 잘 풀리듯이, 비 오는 날의 작업도 그렇다. 붓을 쥐면 그저 붓을 따라가기만 해도 될 것 같고, 머뭇거렸던 아이디어도 괜찮게 풀릴 것 같다. 비가 많이 오지 않는 우리나라의 기후가 아쉬울 뿐이지만,

그렇다고 이렇게 비 오는 날만 기다릴 수는 없다. 누구나 자기 기분을 끌어올릴 만한 비법들을 가지고 있을 것이다. 내게도 몇 가지 있는데, 그중 가장 성공률이 높은 것은 비 오는 날을 떠올릴 만한 노래를 찾아 듣는 것이다. 비 오는 날 감성이 예민해지는 경험을 해본 사람이라면 분명 공감할 것이다. 빗소리가 나오는 노래 중에 아마도 가장 유명한 노래, A-Ha의 〈Crying In The Rain〉을 듣고 있으면 비가 많이 쏟아지는 날의 영화 같은 장면들이 떠오른다. 재주소년의 〈비 오는 아침〉이라는 노래는 가사에 집중하지 않아도 기타 소리와 빗소리가 모든 것을 말해준다. Kings of Convenience의 〈I'd Rather Dance With You〉는 내 손을 잡고 비 오는 날의 들뜬 마음을 공유한다. 이런 노래들과 따뜻한 커피가 있다면 그날은 정말 붓을 따라가봐도 좋을 것이다.

늑
대
와

할
머
니

◇

　　　나만의 작업실을 처음 갖게 되었을 때의 느낌을
아직도 잊을 수가 없다. 20년간 살았던 익숙한 동네에서 벗어나 새로운
정착지가 생긴 것이다. 새로운 공간에서 새로운 마음으로 작업을 하며
주변 동네로 자주 산책을 하러 나갔다. 집 근처 초등학교에서 아이들 떠
드는 소리가 들려오는 것도, 입구에서부터 맛있는 냄새가 나는 망원시
장도 마음에 들었다. 그리고 계속 직진해서 걸어가면 한강이 나왔다.
어느 날 산책 중에 작은 중고 서점을 발견했다. 한쪽에 어린이 도서가 줄
지어 꽂혀 있었다. 평소에 동화 같은 이야기에 관심은 있었지만, 내용을
너무 잘 안다고 생각해서인지 다시 읽어볼 생각은 하지 못하고 있었다.
제목들을 눈으로 훑어본 뒤 가장 먼저 눈에 들어온 『빨간 모자』를 꺼내
들었다. 얼마나 험하게 봤으면 이럴까 의문이 들 정도로 책은 전체적으로

◆

많이 해져 있었다. 떨리는 마음으로 책장을 한 장씩 넘기기 시작했다. 그런데 기대와는 달리 나는 충격을 받았다. '빨간' 모자 소녀의 이야기임을 강조하고 싶었던 것일까? 삽화에 등장하는 주인공들의 얼굴이 하나같이 빨갛게 칠해져 있었다.

그 낙서 탓이 컸겠지만 오랜만에 다시 읽은 『빨간 모자』는 전보다 더 폭력적으로 느껴졌다. 동화는 아이들을 위한 것이고, 그래서 순수하고 행복한 감정을 느끼게 해준다고 막연하게 생각하고 있었지만, 다시 대면한 동화는 의외로 그렇지 않았다. 이것이 아이들을 위한 책일까 싶을 정도로 잔인한 면도 품고 있었다. 그렇게 산책을 마치고 돌아와 한동안 멍해 있었다.

동화는 모두 어른들이 쓴 것이다. 아이들을 생각하면서 썼다고 하지만 실제로 어린아이가 될 수 없으니 자기 안에 남아 있는 유년기의 기억을 더듬어 썼을 것이다. 그런 점에서 동화는 이미 다 커버린 어른들 속에 남아 있는 어렴풋한 어린이를 위한, 즉 어른들을 위한 이야기가 아닐까.

우리가 읽어온 많은 동화들은 선과 악의 대립을 통해 권선징악의 결말을 유도했다. 그렇다면 선하다는 것은, 악하다는 것은 무엇일까. 성선설, 성악설, 성무선악설, 백지설 등 우리 인간의 본성에 대해서는 의견이 분분하다. 그러나 분명한 것은, 누구나 선한 면과 악한 면을 모두 가지고 있다는 것이다.

어른이 되어 다시 동화 속 이야기를 들여다보니 확실하다고 믿어왔던 것들이 흔들리기 시작했다. 『빨간 모자』도 그랬다. 내가 믿어왔던 할머니와 늑대의 이미지는 어느새엔가 조각나버렸고, 그들은 나에게 새로운 해석을 요구했다.

할머니는 온 세상의 아픈 마음들을 모두 보듬어줄 만큼 인자하거나 부드럽지 않았다. 늑대는 많은 사람들을 겁주고 공포에 떨게 할 만큼 사납지 않았다. 우스꽝스러운 바보였다. 선과 악의 양극단을 보여줄 수 있다고 여겼던 캐릭터들에게서 이렇게 예상치 못한 모습을 보게 되자 혼란스러웠다. 둘은 스스로를 풍자하는 것 같기도 했고, 서로를 감싸주는 것 같기도 했다. 지금까지 모두가 나를 속여온 게 아닌가 의심이 들기도 했다. '늑대와 할머니의 관계를 가지고 그동안 내가 느껴왔던 여러 가지를 말할 수 있지 않을까?' 문득 그런 생각이 들었다.

결말을 조금 틀어보기로 했다. 여러 동화에는 비슷한 상황들이 등장하고, 서로 교차점을 만들어낸다. 데자뷔 현상처럼. 〈Grandmother meets Wolf〉를 보는 사람도 동화 『빨간 모자』를 떠올리기보다 다른 어떤 동화의 한 장면이라고 생각할 것이다. 할머니와 늑대를 등장시키긴 했지만 조금 다른 이야기들을 오버랩해보았다. 『헨젤과 그레텔』의 길 잃은 남매와 과자집의 마녀, 우리나라 동화인 『햇님 달님』의 호랑이와 떡. 이들은 맛있는 음식을 두고 벌어지는 위기의 상황을 보여주는데 이 두 장면을 그림 속에 집어넣은 것이다. 그리고 숨은그림찾기처럼 이상한 부분들을 곳곳에 숨겨둠으로써 예상 가능한 친숙한 결말이 아닌 색다른 결말을 유도했다. '나'와 '너', '님'과 '남'이 엄청난 차이를 불러오는 것처럼, 약간의 장난과 바꿔치기가 앞으로 엄청나게 다른 결말을 만들어낼 것이다.

마지막 산책, 2012, watercolor on canvas, 100.0 x 100.0 cm

〈마지막 산책〉에서 이야기는 전혀 다른 결말에 이르렀다. 기존에 정해져
있던 성격과 규칙은 사라져 찾아볼 수 없다. 계획을 세울 때 생긴 아주
작은 오차가 결과에 어마어마한 영향을 끼치듯, 이야기도 결국은 종잡을
수 없는 길목으로 들어섰다. 쫓고 쫓기다가 나중엔 누가 누구를 쫓아가
는지 잊어버리게 된 것처럼. 이야기는 더 이상 내 손 안에 있지 않고 독립
적으로 그들만의 산책로를 만들어갔다. 그러고는 계획에 없던 상상의 지
도까지 만들어냈다.

빽빽하게 나무가 자라 있는 누군가의 뒷마당에서 할머니는 열매를 삼키
려 하고 있다. 그 찰나의 순간, 어디선가 숨어서 지켜보던 늑대가 할머니
를 향해 달려들며 비극적인 결말을 맞는다. 앞뒤의 상황은 알 수 없다.

만약, 어떤 변수도 없이 이야기가 흘러갔다면 기대했던 만족스러운 결과

만족스러운 결말, 2011, watercolor on canvas, 72.7 x 91.0 cm

를 얻었을 텐데. 〈만족스러운 결말〉은 말 그대로 만족스러운 결과를 보여준다. 권선징악의 구도를 그대로 보여주면서 보는 사람의 반응을 기다리고 있다. 어떤 감정이 들든 그것은 자유일 테지만 〈만족스러운 결말〉의 인물들은 기대하는 반응이 있는 듯하다.

〈비밀스러운 만남〉에서 할머니와 늑대는 서로에게 줄 소중한 것을 하나씩 가지고 왔다. 선물이 마음에 드는지는 알 수 없지만 상대가 소중히 여기던 것이니 특별하게 느껴질 것이다. 둘의 너무 다른 말투와 표현 방식이 오해를 낳을지도 모르지만, 아주 비밀스럽고도 의미 있는 대화가 오고 갈 것이다. 어쩌면 테이블 위에서 벌어진 가장 인상적인 대화가 될지도 모른다.

비밀스러운 만남, 2011, watercolor on canvas, 90.0 x 90.0 cm

untitled, 2012, watercolor on canvas, 80.3 x 80.3 cm

나의 작지만 큰 물건들

　　　　　소설이나 영화는 일상적인 장면으로 시작한다.
그런데 어느 순간 믿기지 않는 일이 일어나 평화롭고 순조롭게 흘러갈
것 같았던 일상이 한순간에 모험담으로 바뀌어버린다. 작은 단서들이 이
런 변화를 미리 암시해주는데, 그것들은 전혀 예상치 못한 사소한 지점
에서 발견된다. 평범한 사물, 버려진 공간, 혹은 아무 의미 없다고 생각
했던 담장의 낙서에서. 나는 일상 속에서 이런 단서들이 발견되기를 바
라며 살아간다. 단서처럼 느껴지는 어떤 것이 있으면 지나치지 않고 주
시하며 온갖 상상을 해본다. 예를 들면, 자두 한 알이 남아 그릇 정중앙
에 놓여 있을 때.

이 자두가 만약 소원을 들어주는 신기한 열매이거나, 나를 다른 사

물/사람으로 바꿔줄 수 있는 마법의 열매라면?

이렇게 조금은 엉뚱한 상상을 해보곤 하는 것이다. 계곡에 놀러 가서 숱한 전설이 얽혀 있는 돌이 어딘가에 숨어 있지 않을까 기대하며 특별해 보이는 돌을 찾다 온 적도 있다. 자주 다니는 지하철역의 아무도 신경 쓰지 않는 칙칙한 분홍색 문이 실은 다른 세계로 통하는 통로가 아닐까 의심을 품기도 한다.

아직까지는 아무 일도 일어나지 않고 있지만 내 책상 위에는 언젠가 나를 환상 여행으로 안내할 것만 같은 비밀스러운 물건들이 놓여 있다.

엄마의 향수

유리 뚜껑에 백조 두 마리가 우아하게 어울리며 날아가는 모양이 조각되어 있는 향수병. 엄마의 유리 장식장 속에는 오래전부터 모아온 향수병들이 있는데 그중에서 가장 크고 아름다운 것이다. 어린 나에겐 바라만 봐야 하는 귀중한 유물 같은 것이었다. 나는 반짝이는 별이 가득한 초롱초롱한 눈으로 향수를 바라보며, '저 향수를 뿌리고 병을 간직하면 여자가 될 수 있다'고 굳게 믿었다.

실망감을 안겨준 에메랄드 빛 가짜 돌

백령도에 가족 여행을 갔을 때 우연히 들른 '콩돌해변'에서 주운 돌들. 튜

브를 끼고 해안을 따라 수영하다가 발견한 신비의 돌이었으나, 진짜 돌이 아니었을 뿐만 아니라 깨진 음료수 병 조각이 오랜 시간 깎여 만들어진 것이라는 비극적인 진실을 알게 되었다.

언젠가 다시 맞추게 될 그릇 조각

초등학교 때는 친구들끼리 우정을 확인하고 지키자는 의미의 증표에 집착했다. 우정 반지나 교환 일기, 우정 열쇠고리, 함께 찍은 사진 같은 것을 공유하며 소중히 여기곤 했다. 한동안 잊고 지내다가 최근에 이런 증표를 받았다. 굉장히 다른 성격과 성향으로 친해질 수 없는 사이라고 생각했던 친구와 어느새 가장 솔직하게 마음을 털어놓을 수 있는 사이가 되었는데 그 친구가 내게 그릇 조각을 선물한 것이다. 친구는 가장 아끼는 그릇이 깨졌다면서, 그 조각들을 나눠 갖고 각자 보관하고 있다가 오랜 시간이 흐른 뒤에 다시 맞춰보자고 했다.

여행길에서 주운 동물 피규어

길에 버려져 있던 작은 치타 피규어. 어떤 아이의 품에서 뛰어놀며 오래도록 같이 있자고 약속했을 것이다. 하지만 지금은 내 방에 있다. 앤서니 브라운의 그림책 『고릴라』의 고릴라처럼 주인공이 혼자 방에 남겨졌을 때 변신해 친구가 되어주는 수호천사였음에 틀림없다. 언젠가 나에게도 그런 모습을 보여주었으면.

토순아, 너는 토끼

실제로 살아 있는, 우리 집에서 산 지 8년이 다 되어가는 토끼 '토순이'. 정말 기르고 싶던 애완 토끼를 엄마가 허락해주셨을 때, 곧장 집 근처의 마트로 갔다. 토끼장에는 세 마리의 어린 토끼가 있었다. 보통 애완동물을 고를 때 활발하고 운동력이 좋은 건강한 동물을 고르지만 토순이는 아니었다. 활발하게 토끼장을 뛰어다니는 두 토끼와는 달리 아기 토순이는 구석에 조용히 웅크리고 있었다. 얼마나 웅크리고 있었는지 까만 공 같아 보였다. 흰 목도리를 한 것처럼 목둘레에 흰 털이 나 있었고, 무엇보다 특이했던 것은, 눈과 눈 사이에 있는 해리포터의 상처 같은 흰색 무늬였다. 선명한 흰색 줄무늬가 있는 조용하고 동그란 토순이를 보며 강한 끌림 같은 것을 느꼈다. 엄마가 정말 그 검은색 토끼가 좋으냐고 물었을

때, 영화에서도 처음엔 조용하고 눈에 띄지 않는 등장인물이 주인공이 되듯 저 까만 토끼도 그럴 것이라고 말했다. 그리고 내 말이 맞았다. 토순이는 평범한 토끼가 아니었다. 공간지각 능력이 아주 뛰어났고 눈치가 빨랐다. 또 베란다에 말려놓은 생마늘을 몰래 먹고 힘을 내어 새끼들을 많이 낳았다. 이런 토순이가 우리 곁에 오래오래 머물러주었으면 하는 바람이다.

◇

아
주
화
려
한
드
레
스

　　　　　　화장대와 옷장을 정리하던 엄마가 갑자기 옷장
구석에서 옷 두 벌을 꺼내셨다. 오래전에 약혼식을 위해 맞췄던 옷이라고
이야기하는 목소리에는 애정이 가득 담겨 있었다.

그중 하나의 비닐을 벗기자 빛을 약간씩 잃은 구슬들로 빼곡히 장식된
고풍스러운 드레스가 모습을 드러냈다(마치 보석으로 만들어진 갑옷 같았
다!). 탁한 분홍색 옷감은 두툼하게 품위를 품고 있었다. TV 드라마의 결
혼 장면이나 친한 언니들의 결혼식에서 볼 수 있는 세련되고 화려한 드
레스는 아니었지만, 엄마의 드레스는 여태껏 보지 못한 아름다움을 풍겼
다. 다른 한 벌은 짙은 갈색의 새미chamois 옷감으로 된 드레스로, 그 옷을
입으면 숲 속 오래된 나무들의 여왕이 될 것만 같았다. 당시의 유행을 따
라 어깨가 커다랗게 과장되어 있었다.

◆

엄마의 오래된 드레스는 내 마음속에 자리 잡았고, 우아함과 아름다움의 기준이 되었다. 조금씩 배웠던 플루트를 연주할 기회가 생겼을 때, 나는 엄마의 분홍색 드레스를 입고 무대에 올랐다. 비슷한 드레스를 입은 연주자는 아무도 없었다. 누군가는 촌스럽다고 했을지 모르지만 나에겐 황홀한 순간이었다.

약혼식 때 입었던 드레스를 보관하고 있을 만큼 엄마는 모든 것을 애틋해하며 소중히 여기고 오래도록 간직하신다. 엄마가 결혼하면서 구입한 전자레인지는 아직까지 튼튼하다. 내가 배 속에 있을 때 엄마가 입었던 빨간색 체크무늬 임신부 원피스도, 나와 내 동생이 아기였을 때 입었던 속옷도 아직 남아 있다. 옷장 밑에는 내가 어렸을 때 입었던 탄성 있는

분홍색 발레복이 가지런히 놓여 있다. 그리고 나는 외출하면서 엄마가
젊었을 때 들던 작은 가죽 숄더백을 들고 나간다.

엄마뿐만 아니라 우리 가족 모두는 추억이 서린 물건에 대한 애착이 강
한 편이다. 아빠는 클래식 CD와 오페라 영상이 담겨 있는 LD를 나무의
나이테처럼 차곡차곡 모아놓고 오래전에 구입한 스피커(방의 반을 차지할
정도로 부피가 크다!)로 감상하신다. 동생은 누군가로부터 받은 물건에 대
한 애정이 크다. 동생의 방에는 오랫동안 식탁으로 쓰던 테이블이 놓여
있는데, 그 위에는 선물로 받은 물건들(심지어 그 포장 상자까지 그대로 갖고
있다!)과 자세한 사연을 알 수 없는 수집품 등 온갖 오브제들이 가득하
다. 나는 내 손의 흔적이 남아 있는 것들을 쉽게 버리지 못한다. 가벼운
낙서들이 모여 있는 공책이나 심심할 때 만든 작은 장식품들까지도.

이런 각자의 성향들이 모여, 우리 집에는 항상 과거가 현재를 껴안고 있는 분위기가 흐른다. 돌이켜 보니 이런 분위기가 작업에도 영향을 많이 주었던 것 같다. 내 작업은 과거와 손을 잡고 있다. 미래의 어떤 것을 이야기한다 하더라도 과거의 경험으로부터 상상 가능한 미래라고 해야 할 것이다. 과거의 인상적이었던 하루를 떠올릴 때 기억하고 있는 만큼을 꺼낼 수도 있겠지만, 그 당시 입었던 옷이나 일기와 같은 과거의 기록물이 눈앞에 있다면 그 기억은 더욱 더 풍부하게 재생될 것이다.

◆

◇

하
이
얀
색
의
경
험

　　　　　　　　　색이 주는 특별한 경험은 오래도록 생생하게 기
억에 남는다. 색은 내 두 눈의 망막을 자신의 빛깔로 완전히 감싸며 잊을
수 없는 순간을 안겨준다. 나는 특별히 흰색과 관련된 기억이 많다. 그래
서 작업을 할 때 흰색에게 중요한 자리를 자주 내어준다. 의식하지 않는
사이에 옷장에 흰색 옷이 많아지기도 한다.

아직 모르는 것이 많았을 나이에, 성당에서 첫영성체를 받게 되었다. 첫
영성체는 가톨릭에서 세례를 받은 뒤에 처음으로 성체를 모시는 의식이
다. 첫영성체를 받는 어린이들은 정해진 옷차림을 갖춰야 했는데, 남자아
이들은 흰색 와이셔츠에 검은색 단정한 바지를, 여자아이들은 흰색 원피
스를 입어야 했다. 햇살이 부드럽게 내려앉는 5월의 어느 날, 순수하고 깨

끗하다는 의미를 지닌 새하얀 새 원피스를 입고 하얀색 화환과 까슬한 미사포를 머리에 썼다. 아직 키가 다 크지 않은 자그마한 어린이들이 모두의 축하를 받으면서 정원에서 성당 안으로 줄지어 들어갔다. 햇빛을 받아 더욱 화사하게 빛나는 하얀색에 둘러싸인 그 순간은 그야말로 황홀했다. 당시에는 첫영성체가 어떤 의미인지 잘 알지 못했지만 그날 흰색이 나에게 준 느낌은 그 의식의 본질과 닮아 있었을 것이다.

가을 학기가 시작된 어느 날 아침이었다. 학교에 가려고 탔던 버스에서 무심코 내렸을 때, 세탁소 아저씨가 터는 하얀 이불보가 보였다. 이불보는 태양의 눈을 가진 듯, 아침 햇살을 받아 반짝였다. 그 몇 초가 영화처럼 정말 느리게 흘러갔다. 거울로 빛을 반사시킬 때만큼이나 강렬한 빛이 이불보를 통과해 내 눈으로 들어왔다. 그 순간을 곧장 그림이나 글로 옮기고 싶었지만, 그때의 상황과 느낌을 그대로 전달할 수 없다는 것을 알았기에 계속 망설이다가 잊고 지냈다. 그런데 얼마 전에 그 기억이 갑작스럽게 떠올랐다.

작업을 할 때 팔레트에 짜놓은 물감들을 볼 때면 일상 속에서 색들이 내게 주었던 인상들이 하나둘 떠오른다. 같은 흰색이라도 너무도 다양한 느낌의 흰색이 있고 그만큼 다양한 경험이 공존한다. 물감 회사가 정한 색의 이름으로는 다 구분하지 못할 사적인 경험의 색들이 작업 과정에서 수없이 만들어진다.

단
어
의

무
리

　　　　　　좋은 자극을 주는 단어들이 있다. 형용사의 꾸
밈을 받아 만들어진 단어의 무리들은 호기심을 불러일으키고 시각적인
심상이 떠오르게 한다. 진부하거나 지루하지 않고 너무 흔하지도 않은
단어들. 그 단어들이 작업 속에 직접 등장하지 않아도 단어가 가진 아우
라와 함축적 의미들은 작업을 시작할 때 힘을 주곤 한다. 좋아하는 영화
배우를 생각할 때, 그(녀)가 등장한 영화의 장면들이나 대사들이 꼬리에
꼬리를 물고 이어지듯이, 나에게 특별하게 느껴지는 단어를 떠올릴 때도
다양한 풍경과 이야기, 그리고 연관된 다른 단어들이 함께 떠오른다.
예전에 한 친구가 내 그림을 보고 '시' 같다고 한 적이 있다. 광범위한 의
미의 시가 아니라 '(단어를 이미지처럼 던져놓는) 구체시concrete poetry' 같다고
비유해주었다. 그 비유가 마음에 들었고 아직까지 잊지 않고 있다.

그림을 그리기 전에 나에게 영감을 주는 단어들을 캔버스 화면에 가상으로 던져놓는 경우가 있다. 인위적으로 관계를 규정하지 않아도 단어들은 스스로 서로에게 끈을 묶는다. 묶으러 돌아다닌다. 멀찍이 떨어져서 단어들이 가진 힘을 믿고 지켜보면 된다. 팽팽한 현에서 깨끗한 음을 낼 수 있듯이 팽팽하게 연결된 단어의 무리는 선명한 장면을 나에게 선물한다.

우거진 나무. 뱀. 천막. 곰팡이. 점. 소금쟁이. 낮과 나방. 조각. 침입. 읽을 수 없는 글. 읽을 수 없는 편지. 두려움. 공터. 흉내. 가면놀이. 솔방울. 한밤중의 대화. 집. 작은 부탁. 가시나무. 어린 날의 초상. 연못. 오래된 사이. 정원. 감추어진 길. 앙상한 나무. 검은 호기심. 사적인 대화. 솔직한 거짓말. 붉은 꽃밭. 낮의 일기. 불꽃놀이. 야생 개. 머뭇거리는. 어리둥절. 마침내. 새 떼. 두 개의 세계. 말라 죽은 꽃/것. 감도는 공기. 끝없는 길. 엿들은 이야기. 훔친 꿈. 빌린 꿈. 아는 줄 알았던. 양쪽 볼. 질투. 양면의 모습. 무지개다리. 얼굴 가까이. 귓속말. 그래서 그들은. 경계. 발가벗은. 서른다섯. 나비 한 쌍. 나방 한 쌍. 까진 무릎. 짓궂은. 구슬. 불. 망. 널브러진 가지들을 정리하고. 눈에 비친 모습. 종이새. 어머나. 수염 난. 균형 잡

기. 수줍음. 손에서 나오는 분수. 불편한 상황. 넷과 다섯(4, 5). 비
밀 만남과 악수. 들판. 마지막 저녁. 숲. 굽힌 사람. 막대기를 든 아
이. 울타리. 눈. 생일 선물. 쓰러진 흰 나무. 먹는 모습. 가지치기. 달
리기. 싸우는 개. 텅 빈 위로. 까만 밤. 서로 당기기(앞뒤로). 궁금한
것들. 실마리. 붉은 눈썹. 화려한 대접. 조각. 소금. 꼭지. 뿔. 너무
긴 치마. 구겨진 종이. 땀. 잡초밭. 큰 구멍과 작은 원. 무거운 팔 동
작. 노란색 길. 날아가는 기러기. 돌. 온기가 남아 있는 의자. 조만
간. 푸른 점. 사슴의 피. 옹달샘. 호두나무. 두 송이. 얼어붙은 분수.
어스름한 때에. 마지막 밤. 분홍빛 기억. 덤불 속 새들의 대화. 토끼
분장. 입맞춤. 원래. 사소한 것. 오랜 기다림의 끝. 곡선. 붉은 언덕.
비둘기 한 쌍. 두 개의 대사. 느리게 간 시간. 어슴푸레. 하얀 꼬.

◇

펼
쳐
진
시·
간

        스케줄러를 펴놓고 여유롭게 바라보는 것을 즐
긴다. 그 달의 페이지를 테이블에 펼쳐놓고 앞으로 남은 날들을 어떻게
보낼 것인지, 계획했던 것들을 얼마나 진행했는지 돌아본다. 중순쯤에
스케줄러를 펼치면 기분이 좋다. 반이 지났고 반이 남았으니 크게 계획
이 밀린 것도, 또 조급해할 것도 없기 때문이다. 시간은 온전히 나에게
주어져 있다. 그 시간들을 내 마음대로 나누어 쓸 수 있고 원하는 만큼
낭비할 수도 있다는 사실에 즐거워진다.
한 달이라는 시간은 추상적이고 눈에 보이지 않지만 스케줄러에서는 깍
두기 모양의 블록들로 가지런히 한눈에 들어온다. 눈에 보이면 다루기가
더 쉬워진다. 그리고 안심이 된다. 그 블록들은 어떻게 지나갔을까 싶은
화살 같은 시간을 받아들이라고 나를 타이른다.

시간을 세는 단위인 '일주일, 한 달, 일 년'이라는 단위는 매력적이다. 억지스럽지 않고 탄력적이다. 한 달은 한 달이라고 하기에 너무 짧거나 길다고 할 수 없을 만큼 적당하다. 1일부터 말일까지의 흐름이 지나고 나면 마무리와 정리가 필요한 시점이 온다. 물론 정신없이 한 달이 지나가서 달력을 넘기는 것도 깜박할 때가 있긴 하지만, 돌이켜 보면 무언가를(이를테면 한 달을 마무리하는 것을) 잊고 지나간 느낌이 들었다는 것을 깨닫게 된다. 태어나면서부터 정해진 시간 단위에 길들여져 느끼는 매력일 수도 있지만, 그렇다 하더라도 이 단위들은 너무나 완벽하다.

◇

세
계
명
작
동
화
집

　　　　　하늘에서 거울이 깨지면서 시작되는 이 동화집
은 페이지 끝마다 닳아 있다. 깨진 거울 조각은 땅으로 떨어지면서 『눈
의 여왕』의 카이의 가슴에, 그리고 어린 내 가슴에까지 박혀버렸다. 우
울하고 슬픈 색조로 시작하는 이 동화집을 펼치는 것은 때로 두려웠지
만, 마주하기 어려운 두려움은 오히려 나를 더욱 끌어당겼다.
아주 낮은 고도의 슬픔에서 시작되었기에 뒤에 있을 행복한 결말을 훨씬
더 애타게 기다렸을 것이다. 그렇게 감정의 산을 오르락내리락하는 동안
이야기는 한 편씩 지나갔다. 책의 제목대로 세계 곳곳의 오래된 이야기가
여러 편 묶여 있고, 책의 반을 차지하는 삽화들이 내용에 맞추어 얼굴색
을 달리했다.
이 책을 볼 때마다 조금은 이상한 기분이 들었다. 각 편마다 등장하는 주

◆

인공들의 얼굴 생김새가 비슷해서, 전혀 다른 이야기인데도 불구하고 묘하게 하나의 흐름으로 읽혔던 것이다. 연결된 하나의 이야기처럼.

왕자에 대한 사랑을 품고 스스로 죽음을 선택한 인어공주는 얼마 뒤 이상한 나라의 앨리스가 되어 씩씩하게 모험을 떠났다.

1 #3_언덕, 2014, watercolor on canvas, 65.1 x 53.0 cm
2 의도된 풍경, 2013, watercolor on canvas, 145.5 x 112.1 cm

1 입맞춤, 2013, watercolor on canvas, 40.0 x 29.7 cm
2 뱀과 거짓말, 2012, watercolor on canvas, 193.9 x 130.3 cm

1 2

1 두 송이 꽃이, 2013, watercolor on canvas, 72.7 x 53.0 cm
2 오래 전에, 2013, watercolor on canvas, 80.3 x 65.1 cm

뜻밖의 선물 같은 피터, 익숙함으로 다가온 피터,
친구와의 대화 중에 나타난 피터,
낯선 동네에서 만난 피터······
그리고 앞으로도 많이 만나게 될 피터들에게
오늘도 말을 건다.

Part 2

피터에게 말을 걸었다

◇

That sounds interesting!

그것은 내가 유일하게 외친 한마디였다. 영어 연극에서 '치즈Cheese' 역할을 맡았던 나는 극 중간에 무리에서 뛰쳐나가 마이크에 대고 'That sounds interesting!'이라고 기다려왔던 대사를 외쳤다. 때는 초등학교 5학년, 내가 다니던 초등학교는 개교 60주년 기념으로 큰 행사를 준비하고 있었다. 유난히 열정적이셨던 영어 선생님은 행사에 맞춰 영어 연극을 계획하셨다. 영어를 잘하는 편도, 좋아하는 편도 아니었지만 오디션을 같이 보자는 친구들의 말에 얼떨결에 준비를 했다.

연극의 내용은 이러했다. 세계적인 음식 콘테스트가 열린다는 소식이 전해지면서 막이 오른다. 그 콘테스트에 도전하고 싶은 밥과 야채들은 고민을 하다가 다 같이 똘똘 뭉쳐 김밥이 되어 콘테스트에 출전하기로 한다. 어마어마한 경쟁 대상인 햄버거와 피자가 출전한다는 소식을 전해 들고 겁을 먹지만 당당히 그들만의 힘을 발휘하여 1등을 차지하게 된다는 내용이다. 줄거리를 이끌고 가는 내레이션 역할과, 주인공인 라이스 형제, 당근과 오이를 비롯한 야채, 그리고 치즈 역할이 있었다. 치즈의 존재는 애매했다. 콘테스트에서는 음식 각자의 고유성을 가지고 있는 것이 중요할 텐데 김밥에 치즈가 들어가면 퓨전이 되어버리니 말이다. 그런데 내가 그 '치즈'가 되었다. 나는 그게 마음에 들지 않았다. 야채가 많고 많은데 내가 가장 측은하게 생각했던 치즈 역할이라니. 특징 없이 밋밋한 슬라이스 치즈의 의상은 또 어떻게 만들지, 그것도 막막했다. 더구나 대사라고는 애정이 가지 않는 단 하나의 문장 "That sounds interesting!" 무엇보다 김밥에 치즈는 '필수'가 아닌 '선택'일 뿐이라는 사실이 나를 슬프게 만들었다. 나와 가장 친했던 단짝 친구는 라이스 역을 맡게 되었다.

나도 친구처럼 주인공이 되어 무대 중앙에서 등장인물들을 이끌어나가고 싶다는 무너진 희망만이 머릿속에 맴돌았다. 그 당시에는 이런 감정을 표현하지 못했다. 결국 나는 역할에 대한 자부심 대신 연출자로서의 열정을 표현하기로 했다. 대사를 연습할 시간이 필요 없었기에 여름방학 때 자주 학교에 나가 선생님을 도와 무대를 만들었다. 선생님은 부탁하지도 않았는데 스스로 나와서 준비하는 나를 기특하게 여기셨던 것 같다. 그리고 연극 날이 거의 다가왔을 때, 손재주 좋으신 큰엄마의 도움으로 꽤 만족스러운 치즈 의상을 갖게 되었다.

연극 당일, 햇살 좋은 가을날의 운동장에 커다란 흰 상자 모양 무대가 설치되었다. 무대 위에서 열심히 만든 배경을 힐끗 쳐다보며 뿌듯해했던 것을 기억한다. 어린 나이였지만 그때 나는 꼭 주인공처럼 주목받거나 대사가 많지 않아도 참여한다는 자체가 굉장히 보람 있는 일이며 행복한 경험이 될 수 있다는 것을 깨달았다. 유일한 대사여서 마음에 들지 않았던 'That sounds interesting!'도 다시 보게 되었다. 힘이 되는 문장이고 듣는 사람을 기분 좋게 하는 말이다. 그날 찍은 기념사진을 보면 나는 행복한 표정을 짓고 있다. 그리고 치즈 김밥을 좋아하는 사람은 많다.

◇

식
물
일
기

　　　　　　　　　식물원을 정말 좋아한다. 여분의 필름을 여러 개
챙겨 가야 할 정도로.

식물 채집가

손에 연필을 쥐고 사물을 닮게 그릴 수 있게 되면서부터 나는 많은 것들
을 그리기 시작했다. 자주 그리던 소재는 정해져 있었다. 사람과 식물, 그
리고 장식적인 무늬들. 그중에서도 유독 많이 그린 것이 식물이다. 가장
아끼던 책도 『동식물도감』. 식물 부분의 책장을 이리저리 넘기면서 그날
그리고 싶은 꽃과 풀 들을 골랐다. 형태를 닮게 스케치하고 채색을 시작
할 때의 기쁨은 무엇과도 바꿀 수 없었다. 때로는 색 도화지를 가위로 잘

◆

라 꽃을 사실적으로 만들어보기도 했다. 온 세상의 식물들을 모두 기록하려는 채집가처럼, 나는 이름도 헷갈리는 식물들을 하나씩 그려나갔다.

『신기한 식물일기』

리네아가 되고 싶었다. '리네아'라는 여자아이는 『신기한 식물일기』라는 책의 주인공인데, 그 아이에겐 식물에 관해서는 모르는 것이 없는 친구, 정원사 블룸 할아버지가 있다. 블룸 할아버지는 리네아에게 풀과 꽃에 관한 많은 것을 알려준다. 리네아는 아보카도 씨를 싹틔우기도 하고, 여러 가지 콩으로 '콩 올림픽'을 열기도 하고, 나무 상자 속에 작은 정원을 만들기도 한다. 또 과일 씨앗을 좋아하는 새들을 집에 초대하기도 한다.

식물만이 알아볼 수 있다는 초록색 손가락(블룸 할아버지는 리네아에게 식물에 대한 애정을 가지면 그린핑거Green Finger를 가질 수 있다고 말씀하셨다)을 가진 리네아가 되고 싶었다.

식물 그리기

식물이 놓인 정물을 좋아한다. 식물의 비정형적인 형태는 그리는 이가 대상에 자유롭게 심취할 수 있게 한다. 차가운 형태의 인공물과 함께 놓인 식물은 그리드Grid를 파괴하려는 에너지를 전달하며 시선을 끈다. 고요함 속에서 끊임없이 변화를 만들어낸다.

언제 시작되어 언제 끝날지 모르는 '식물 그리기'는 여전히 진행 중이다.

◇

사슴공원이 나에게 남겨준 것

　　　　　　수학 여행지가 투표로 정해지고 있었다. 고등학
교 2학년 때의 일이다. 경쟁지는 중국과 일본. 선생님이 각 후보지의 장단
점을 비교해주셨고, 작년에 선배들은 중국으로 갔다 왔다는 애기도 해주
셨다. 나는 망설일 필요도 없이 일본을 택했다. 일본으로 결정된다면 방
문하게 될 도시는 교토, 나라, 그리고 오사카. 다른 나라로는 여행을 가
본 적이 없었던 나에게 일본은 그 자체로 미지의 섬나라였다. 가깝고도
멀게 느껴졌던 길쭉한 섬. 그곳에서 만들어진 여러 이미지들을 통해서만
어렴풋이 상상할 수 있던 나라. 그 베일을 벗기고 싶었다.
돌이켜 보니 그 시절의 나는 일본과 관련된 것들에 푹 빠져 있었던 것
같다. 일본에서 수입한 수채 물감에 가슴이 설레었고, 인상파에 많은 영
향을 준 목판화인 우키요에에도 관심이 많았다. 오목조목하게 지어진

◆

아담한 일본의 가정집도 궁금했다. 그리고 무엇보다 나라 요시토모^{Nara} Yoshitomo에게 마음을 뺏겼다. 그는 일본의 현대미술 작가로, 귀엽고 매력적인 자신의 캐릭터로 수만 가지 표정을 만들어낸다. 그 당시 나는 용돈을 모아 그의 도록과 책들을 사 모았다. 제목이 마음에 들었던 『Lullaby Supermarket』, 일본과 독일을 오가는 생활을 기록한 『작은 별 통신』, 지금까지도 작업을 할 때 공감과 힘을 주는 『나라 노트』(나라의 작품이 프린트된 드로잉북이 같이 들어 있었다). 이 3종 세트를 책장에 꽂아두고 무한한 애정을 쏟고 있던 나였는데, 고민할 필요가 없었다. 당연히! 일본.

다행히, 일본으로 정해졌다. 공부와 미술로 꽉 찬 학업 생활 중에 일본에서의 3박 4일은 정말 달콤한 해방이었다. 빨간색 여행 가방을 사서 방에 펼쳐놓고는 준비물을 꼼꼼히 체크하면서 매일 밤 행복한 꿈을 꾸었다.

방에 붙여놓은 세계지도의 낯선 도시 이름들을 보며 그곳의 모습을 그려보는 것은 즐거운 일이다. 가보지 못한, 전혀 알지 못하는 어떤 곳이 있을 때, 그곳의 이름은 무한한 상상력을 발동시킨다. 아직 보지 못한 영화의 제목처럼.

그때의 나에겐 '사슴공원'이 그랬다. 여행 일정 가운데 '사슴공원'이 있었다. 동물원이나 어린이대공원도 아니고, '사슴'공원이라고? 동물을 좋아하는 나에게 그곳은 여러 방문지 중에서 가장 기대되는 곳이었다. 사슴이 실제로 있을까? 있다면 몇 마리나 있기에 '사슴공원'이라는 이름이 붙은 걸까? 철장에 갇혀 있는 사슴들이라면 닿지 않는 팔을 쭉 뻗어 돌아오지 않는 인사만 건네고 와야 할 것이다. 진짜 사슴은 없고 사슴 동상만 가득하다면? 너무 비극적일 것이다. 사슴들이 뛰노는 아름다운 곳이겠지. 그중엔 아주 크게 자란 뿔을 가진 늠름한 수사슴이 있을 것이고, 사슴은 새들이 쉬다 갈 수 있게 뿔을 내줄 것이다. 그리고 풀밭에 자라난 신선한 풀을 여유롭게 뜯는 아주 순한 사슴들이 여기저기에 있을 것이다. 어린 사슴들은 걸음마 연습을 하다가 지쳐 낮잠을 잘 테고, 내가 다가가면 경계하지 않고 눈맞춤을 한 뒤 쓰다듬을 수 있게 가까이 다가와줄 것이다. 시간이 멈춘 듯한 행복한 순간을 경험하게 될 것이 분명하다. 상상만으로도 만족스러웠다. '사슴공원'에 도착하기 전까지 상상은 계속되었다.

상상과 현실은 너무나 다른 법. 내가 꿈꿔왔던 풍경은 어디론가 날아가 사라져버렸다. 회색 돌로 깔끔하게 마무리된 평평하고 넓은 공터. 거기서 사람들을 기다리는 수십, 수백 마리의 사슴들은 영악했다. 내가 상상

해온 그런 순수한 모습이 아니었다. 사슴들은 무언가 충족되지 않은 표정과 분위기로 우리에게 다가왔다. 나 또한 사슴들과 교감하려 하기보다는 함께 있는 모습을 사진으로 남기려고 인위적이고 거짓된 행동을 했다. 무언가 잘못됐다고 느껴졌다. 하지만 이러한 상황은 어느 한쪽의 잘못이 아니었다. 처음에는 이렇지 않았을 것이다. 오랜 시간을 거쳐오며 인간과 사슴이 서로를 그렇게 만들어버린 것이다. 사슴도 나도 서로를 믿지 못했다. 어쩌면 현실과 관련 없는 상상을 하고, 나 혼자만의 '사슴공원'을 그리며 이기적인 바람을 간직해온 것일 수도 있다.

환상의 장난이 가장 심할 때는 여행 때인 것 같다. 일본 여행 때처럼 여행 중에는 늘 이렇게 환상의 장난에 속고 만다. 그런데 누군가 진정한 여

행의 기쁨은 출발한 후가 아니라 출발할 때까지의 설렘이라고 귀띔해주
었다. 짐을 꾸리면서 여행지의 환상적인 풍경을 꿈꾸고, 그곳에서의 꿈같
은 시간을 상상할 때면 언제까지나 그렇게 행복할 것만 같다.

환상과 현실의 관계에 대해 자주 생각한다. 일상 속에서 그 둘 사이의 괴
리를 매번 맞닥뜨린다. 그럴 때마다 현실에 대한 실망만을 안겨주는 환상
이란 것은 결코 좋은 것이 아니라고 생각되면서도, 그것이 안겨주는 기쁨
과 에너지를 생각해보면 환상은 없어서는 안 될 존재라고도 생각된다. 환
상이 있기에 수많은 고백의 시와 사랑과 희망의 노래가 만들어졌을 것이
다. 사랑의 상처 때문에 아파하면서도 또다시 새로운 사랑을 꿈꿀 수 있
는 것 또한 환상이 주는 힘 덕분일 것이다.

친구에게 좋은 것을 소개하거나 추천해줄 때 너무 기대하지는 말라고 당

부한다. 기대가 크면 실망도 크다는 말처럼, 사실 담담한 태도로 새로운 상황을 받아들이는 것이 어쩌면 가장 효과적일지 모르겠다. 그럼에도 불구하고 환상이라는 성곽이 그리도 단단한 이유는, 우리의 마음과 머리가 온 힘을 다해 그 성곽을 둘러싼 채 지키고 있기 때문일 것이다.

◇

노
란
방

　　　　　　책상을 바라보고 있었다. 익숙하지 않은 공간에
서 만난 낡은 나무 책상이었다. 다른 바쁜 일도 없었기에, 자연스레 책상
을 유심히 관찰하게 되었다. 그날따라 유난히 책상에 대해 관심과 호기
심이 생겼다. 속속들이 알고 싶었다. 그렇다고 해도 잘 알 만한 사람들에
게 이것저것 물어볼 마음은 생기지 않아 그냥 추측해보기로 했다.
궁금한 것이 생길 때마다 누군가에게 물어보거나 검색을 해볼 수는 없
다. 때론 추측과 상상으로 이해해야 한다. 나는 머릿속으로 그려보기 시
작했다. 책상에 난 흠집, 나무의 질감과 색, 그것이 놓인 각도나 모양새
등이 나에게 단서를 제공했다. 시간 속에 놓인 사람과 사물은 우여곡절
을 겪을 수밖에 없다고 생각한다. 이 책상도 그랬을 것이다. 지금은 누구
도 해치지 못할 만큼 견고한 자태로 놓여 있지만 예상치 못한 일로 힘들

어했던 적도 있었을 것이다. 반대로 자신의 가치를 값지게 느낀 보람찬 순간도 있었을 것이다.

책상 스스로 아주 오래전의 기억을 더듬어보기도 할 것이다. 우리가 그러하듯이, 책상도 자신이 어디서 어떻게 만들어졌는지 알고 싶어 하지 않을까. 셀 수 없이 많은 다양한 모양 중에서 어떻게 이 하나의 형태로 만들어지게 되었는지 의문이 들 것이다. 다른 모습으로 만들어졌다면 지금과는 완전히 다른 곳에 놓여 다른 삶을 누리고 있었을지도 모르니 말이다. 하지만 책상은 이런 생각을 하다가도 자신의 네다리를 세우고 있는 현재의 공간과 상황에 안도의 한숨을 내쉬며 낮잠에 빠져들 것이다.

잠깐의 상상을 나는 바로 캔버스에 옮겼다. 작은 것부터 하나씩 화면에

던지며 전체적인 구도를 만들어나갔다. 먼저 캔버스의 흰 공간에 책상을 그리려고 했다. 그러나 책상을 이루고 있는 나무들의 촘촘한 나이테가 지루한 자신을 견디지 못하고 스스로를 해체해버렸다. 점과 선 그리고 면으로 나뉜 나무 조각들은 각자 가져올 수 있는 이야기들을 가지고 오기 시작했다. 나는 시간과 공간에 구애받지 않는 자유로움을 느끼며 하나둘 형태를 만들어나갔다. 선은 인물들로, 점은 솔방울과 곤충 들로 모습을 갖추어갔고, 면은 넓게 색이 칠해지며 분위기를 만들어나갔다. 처음의 하얀 캔버스를 떠올려보면 너무도 정신없이 어질러졌지만 오히려 더 정리되어가는 느낌이었다. 붓과 물감의 바쁜 움직임 속에 만들어진 형태들은 긴장과 균형 속에서 안정을 찾아갔다.

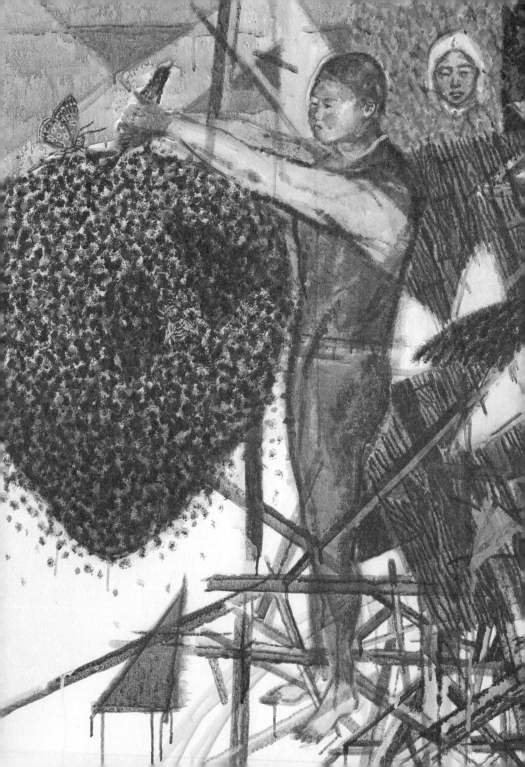

노란 방, 2013, watercolor on canvas, 89.5 x 129.0 cm

점점 구체적인 모습을 띠어가는 인물들은 자신들이 곧 가지게 될 표정에 온 신경을 곤두세우고 있었다. 붓을 쥐고 있는 나에게 자신들의 소망을 이야기하려는 듯했다. 나는 알 수 없는 귓속말에 이끌려 그들의 표정을 묘사해나가기 시작했다.

갑작스러운 상황은 아니었다. 나에겐 오래된 습관이 하나 있다. 사람들의 표정을 몰래 관찰하는 습관이다. 오래전부터 나는 대화할 때 상대와 눈을 똑바로 마주치는 것을 어려워했다. 드러내지 않은 어떤 감정을 들킬까 걱정이 되어서인지, 아니면 대화하는 상대도 나를 쳐다보고 있다는 생각 때문인지, 그의 표정을 자세히 살필 수가 없었다. 대신에 다른 사람과 이야기하고 있는 사람의 얼굴과 모르는 사람의 방향 없는 표정은 늘 내게 관찰의 대상이었다. 저쪽에 앉아 있는 사람은 조금 전까지 어떤 곳에 있다 왔는지, 무슨 생각과 감정을 가지고 있을지 상상해보는 것이다. 물론, 그가 내 시선을 의식해 나와 눈을 마주치게 되면 관찰은 끝이 난다. 이러한 말 못 할 습관을 가지고 있어서인지 인물을 그릴 때 표정에 유독 신경을 쓰는 편이다. 아주 과하거나 격한 표정도 아니고 아무 감정이 없는 시선도 아닌 미묘한 표정을 표현하려 한다.

그림 속에서 굉장히 크게 그려져 있는 털북숭이 열매는 원래 솔방울이다. 이곳저곳으로 흩어져 있던 점들이 한곳으로 모여 와 만들어진 듯하다. 실제와 닮은 솔방울은 책상 밑에 떨어져 있다.
〈노란 방〉에서뿐만 아니라 다른 작업에서도 솔방울이 가끔씩 등장한다. 솔방울에 특별한 관심을 가지게 된 계기가 있었다. 어느 전시에 참여하고 있을 때였다. 전시된 작품이 만족스럽지 않아 조용히 지나 보내고 있다가 전시가 끝날 때 즈음에 전시장에 들르게 되었다. 전시장 직원 분이 내 앞으로 맡겨진 물건이 있다고 했다. 친구의 선물이었다. 전혀 생각지 못했던 선물이라 평소에 믿지 않았던 산타클로스에게 선물을 받은 아이처럼, 선물을 받아 들고 어쩔 줄 몰라 하며 계속 서 있었다. 선물은 『호첸플로츠 다시 나타나다!』라는 어린이 책과 솔방울. 책도 특별하고 좋았지만 내 마음은 내내 솔방울에 머물렀다. 솔방울을 선물로 받아본 사람이 몇이나 될까 하는 생각이 들면서 나 자신이 특별한 사람이 된 것 같았다. 이때 느꼈던 특별한 기분 때문인지 그 후로 솔방울을 많이 그렸다.

내 작업에는 평소에 내가 유심히 관찰했던 사물들이 자주 등장한다. 관심은 관찰을 만들고, 관찰은 기억을 만들고, 기억은 특별한 이미지를 만

든다. 집에 돌아온 뒤에 무언가가 유난히 반복해서 떠오를 때가 있다. 갑
작스레 좋아진 사람이나 갖고 싶은 물건처럼 그 대상은 머릿속을 맴돌며
내가 다시 불러주기를 기대한다. 그림을 통해서든 작업 노트에 끄적이는
단어들을 통해서든. 그리고 나는 이러한 일상의 작은 신호들을 작업에
많이 담으려고 촉각을 곤두세운다.

⟨노란 방⟩을 그리기 3년 전에 비슷하면서도 다른 그림을 그린 적이 있다.
⟨붉은 방⟩이라는 작품인데, 언뜻 보면 제목 외에는 비슷한 점이 없는 듯
보일지도 모른다. 하지만 천천히 살펴보면 작업에 대한 생각이 거의 비슷
하다는 것을 알 수 있다.

어질러진 붉은 방, 2010, oil on paper, 281.0 x 159.0 cm

닫힌 하나의 방이 있고, 무수한 이야기 먼지들이 그 안을 떠다닌다. 먼지들은 제각각 흩어져 있다가 우연히 뭉쳐져 어떤 장면을 만들어낸다. 〈붉은 방〉을 그릴 때, 먼저 빨간색 벽으로 둘러싸인 네모난 공간을 정해놓았다. 그리고 벽돌을 쌓아가듯이 8절 도화지에 한 장씩 자유롭게 그려나갔다. 세로 다섯 장에 가로 여섯 장, 모두 서른 장을 완성한 다음 커다란 벽에 순서대로 배열해보았다.

이러한 방의 형태는 내 머릿속을 은유하기도 한다. 그래서 〈붉은 방〉에는 '아이디어 회의를 위한 드로잉'이라는 부제를 붙이고 싶다. 아이디어를 내기 위해 떠오르는 것들을 자유롭게 더하고 빼고 섞어보는 과정. 개연성이 없는 즉흥적인 이미지들이지만 그들은 나름의 규칙을 가지고 형태를 만들어나간다.

〈노란 방〉과 〈붉은 방〉은 작업을 진행해나가는 과정이 그대로 드러나 있는 그림이다. 작업이 완성되어 끝나도 과정을 쌓아간 모습이 보인다. 과정과 결과(완성)를 일부러 나누고 싶지는 않지만, 나를 포함한 많은 사람들은 과정과 결과를 놓고 어느 쪽을 더 중요하게 여길 것인가 질문을 던지며 때로는 심각하게 고민한다. 하지만 그 둘을 구분 짓는 것보다 그 둘을 포함한 전체가 자신에게 어떤 의미인가가 훨씬 더 중요할 것이다. 과정이 곧 결과가 되고 결과가 하나의 과정이 되는 그림을 계속 그려나가고 싶다.

◇

달
과
별

　　　　　해가 지고 집으로 돌아올 때면 항상 밤하늘을
올려다본다. 달과 별은 매번 다른 모습이다.

요즘에는 달과 별보다 더 반짝이고 더 자극적인 것들이 넘쳐난다. 아주
오래전에는 달과 별만큼 신비롭고 아름다운 것이 없었을 테지만, 이제 그
들은 사람들의 관심 밖으로 밀려난 것 같다. 이렇게 그들을 무관심하게
대하다가는 그들을 영영 잃을지도 모른다는 생각도 든다. 아무도 보지
않을 때 그들이 은근슬쩍 불을 끄고 달아나버린다면, 어찌해야 할까(만
약 그런다고 하더라도 우리는 곧장 알아채지 못할지 모른다). 이런 비극을 상상
하면서 나는 주의를 기울이기 시작했다. 책상 위 선인장을 대하듯 달과
별을 대하기로 한 것이다.

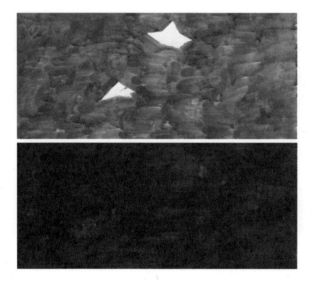

느릿하게 자라며 적당히 거리를 두는 관심을 필요로 하는 선인장. 선인장은 한 달에 한 번만 물을 필요로 한다. 사실 한 달에 한 번 물주는 것을 기억하는 것은 꽤 어렵다. 어쩌면 매일 주는 것보다 어려울지도 모르겠다. 한 달이 넘어가버리면 언제 물을 주었는지 가물가물해진다. 그렇다고 생각날 때마다 주면, 선인장은 과분한 사랑에 죽고 만다. 넘치지도 모자라지도 않는 딱 정해진 만큼의 관심이 필요한 것이다. 달과 별에 관심을 가질 때도 이런 정도의 관심을 줘야지 싶었다. 하루 일과를 마치고 집으로 돌아가는 길에 문득 생각나면 한번 바라보기. 어느 쪽에 떴는지, 샛노란 빛인지 창백한지, 흐릿한지 선명한지, 달 속의 토끼는 잘 보이는지. 이때 보이는 달과 별은 '지금, 여기'에서만 볼 수 있는 달과 별이다. 도시의 빛, 습도, 건물의 실루엣에 따라 달과 별의 모습과 인상은 다를 것이다.

그 밤에 함께 걷고 있는 사람이 있다면 나는 그의 시선을 잠깐 까만 밤
하늘로 향하게 하고, 그날의 달에 가장 어울리는 비유와 형용사를 찾을
것이다. 달이 더욱 매력적으로 다가오기를 바라는 마음으로.

하늘에 뻥 뚫린 작은 구멍 하나
깔끔하게 깎은 사과 한 쪽
붉게 물든 눈썹, 혹은 친구의 웃는 입
눈 코 입을 그려 넣어주고 싶은 동그란 얼굴
오래되어 냄새가 짙어진 치즈 덩어리
태양의 잔상
(어떤 때의 달은 정말 달처럼 생겼다.)

종이달

한 형제가 있었다. 밤하늘에는 유난히 밝고 둥그런 달이 떠 있었다.
달을 본 동생은 '저 달을 갖고 싶다'고 떼를 썼다. 형은 정말로 달을
가져다주고 싶었지만 그럴 수 없다는 사실에 슬펐다. 슬픔에 잠겨
고민하던 중에 좋은 생각이 떠올랐다. 형은 가위로 노오란 도화지
를 보름달 모양으로 예쁘게 오려 동생에게 선물했다. 동생은 자신
이 정말 보름달을 가졌다고 믿으며 행복해했다.

어렸을 때 선생님으로부터 이 짤막한 이야기를 듣게 되었다. 어떤 맥락에
서인지, 어떤 메시지를 전달하기 위해 들려주신 이야기인지는 생각나지

않지만 그 시절의 나에게 형제의 이야기는 불꽃처럼 다가왔다. 도달할 수 없고 소유할 수 없는 대상. 그것을 닮은 이미지를 만들어 갖는 것. 그 이미지를 보며 항상 그 대상을 생각할 수 있게 되는 것.

어쩌면 내가 그리는 그림은 온통 이러한 (가짜) 종이달들로 이루어져 있는지도 모르겠다. 가지고 싶어 손을 쭉 뻗어보고 떼도 써보지만 온전히 소유할 수 없는 대상들, 감정들. 그 아쉬움들이 한 방울 한 방울 맺혀 동굴 속에서 종유석을 이루고, 나는 손전등을 가지고 그것들을 찾아 동굴 속을 헤맨다.

하이안 밤에

나에겐 끝내지 못한 숙제 같은 작은 소원이 있다. 쏟아질 것 같은 수많은 별들과 은하수를 보는 것. 어렸을 때, 여름방학이 끝나고 친구들과 이야기를 나눌 때면 부러움이 한없이 커져만 갔다. 많은 친구들이 시골 할머니 댁에 가서 무더운 여름밤의 수많은 별들을 보고 온 것이었다. 우리 할머니 댁은 도시에 있어서 그런 얘기는 나와는 먼 이야기였다.

큐빅처럼 굵은 별의 무리가 빛나며 새까만 하늘을 이겨내고 있다. 지구에서 아주 멀리 떨어진 곳에서 온 빛의 입자들의 무리. 순식간에 별 하나가 곡선을 그리며 떨어지고, 나는 나도 모르게 탄성을 지르고 만다.

별이 있는 밤의 풍경은 이렇게 영화 속 한 장면처럼 내 상상 속에 자리 잡았다. 어쩌면 계속 이렇게 상상 속에서 만끽하며 지내는 편이 나을지도 모르겠다. 기대가 크면 실망할 수밖에 없기 때문에. 대신 나는 이러한 나의 상상을 캔버스에 옮겨보았다. 〈하이얀 밤에〉에는 유난히도 많은 별들이 밝게 빛나는, 경험하지 못한 밤에 대한 갈망이 담겨 있다.

여자아이 두 명이 뛰어가고 있다. 때는 밤이다. 하지만 보통 때와 전혀 다른 밤이다. 화면 중간 아래 부분을 밝게 표현해 밤이 아닌 것처럼 느껴지게 하고 싶었다. 밤은 아주 어두우면서도 아주 밝다. 총총 빛나는 별들이 땅을 비추고 있기 때문이다. 아이들은 위험으로 가두어졌던 밤을 풀어헤치고 부러진 나뭇가지를 들고 손을 뻗어 별을 딴다. 사과나무에서 사과를 따듯이.

겨울 여행으로 강원도 영월에 놀러 간 적이 있다. 단지 굽이굽이 굽어 있는 동강을 보고 싶어서였는데, 그곳에 천문대가 있다는 사실을 알게 되어 여행 첫날 밤에 그곳을 찾았다. 산꼭대기에 있는 천문대를 어렵게 찾아갔지만 (역시나) 별은 볼 수 없었다. 뚜껑이 열린 별 관측소에서 본 밤하늘은 그저 깜깜하기만 했다. 별들을 왜 그렇게 암흑 속에 꼭꼭 숨겨두는지, 하늘이 야속할 뿐이었다.

내가 밤하늘에 셀 수 없이 많이 떠 있는 별을 본 적이 없고, 보고 싶어 한다는 사실을 안 친구는 어느 날 밤 자신의 집 옥상으로 나를 데려갔다. 유난히 맑은 날도 아니었는데, 별들은 총명하게 빛나며 내 눈에 들어왔다. 오리온자리 허리띠의 별 세 개가 나란히 보였다. 믿기지 않았다.

별자리 책에 나오는 그 별자리들은 그동안 날 속이는 것만 같았는데, 그제야 오해를 풀 수 있었다. 가까운 별 몇 개를 보고 신화 속 인물과 동물을 떠올리는 별자리라는 것이 터무니없는 거짓말이라고 생각했던 나에게 새로운 세계가 열린 것이다. 그것도 거대한 천문대에서가 아니라 친구 집 조그만 옥상에서.

별들의 흔적

라디오 주파수에 별이 잡힌다는 사실을 아는 사람은 별로 없을 것이다. 친구로부터 듣게 된 이야기인데, 이렇게 흥미로운 사실을 왜 모르고 있었을까 싶었다(전혀 생각지도 못한 어떤 것이 오래전부터 가까이에 있었다는 사실

만큼 놀라운 것도 없다). 라디오의 잡음과 TV의 지지직거리는 화면이 아주 오래전에 별들이 보낸 빛의 흔적들이다. 지하철이 멀어질수록 알림음의 음이 떨어지고 늘어지면서 이상하게 들리는데 그것과 비슷한 원리이다. 우리의 우주는 계속 커지고 있고, 수백억 년 전 존재했던 별들에게서 나온 빛은 오랫동안 계속 직진하다가 늘어져 빨간 빛으로 변하고, 지구에 도착할 때에는 라디오 주파수와 비슷해진다. 그렇게 별들은 라디오를 타고 우리에게 도착한다.

멀리 떨어져 있다고 생각한 존재에게서 친근감을 느낄 때면 행복해진다. 힘든 일이 생겼을 때, 가까이에 있는 사람에게 이야기하는 것보다 가끔씩 연락하는 친구에게 모든 것을 털어놓는 것이 편할 때가 있다. 또 가족에게 고민을 상담하는 것보다 토끼에게 의견을 물어보는 것이 더 좋을 때가 있다. 그래서 나는 달과 별을 한국에서 멀리 떨어진 다른 나라에 사는, 말도 잘 통하지 않는 어떤 친구쯤으로 생각하려고 한다. 그들은 해가 지고 나면(가끔은 해가 지지 않았을 때에도) 곧장 나와 우리를 기다리고 있다. 밤이 깊어질수록 생각은 많아지고 약간은 슬퍼지기도 하는데, 달과 별은 나의 이런 기분을 잘 아는지 해가 다시 뜰 때까지 곁에서 자리를 지켜준다. 잠이 들더라도 떠나지 않고, 끝까지.

◇

놓
여
진
열
매,

돌,

구
두

　　　　　　그들에게 해주고 싶은 말이 있다. 오래전부터 인
사라도 정식으로 한번 건네고 싶었다. 열매와 돌, 그리고 구두에게.
내 머릿속에는 항상 이 사물들이 당연한 듯 놓여 있고, 결코 작지 않은
존재감을 내뿜고 있다. 그들은 내가 작품을 위해 스케치를 할 때마다 자
신들에게 관심을 가져주기를 바라는 것 같다. 세상 속에서 어떤 작은 의
미라도 되고 싶어서 그러는 것일까.
그들은 말을 할 수는 없지만, 결코 사소하지 않은 역할로 내 그림 속에서
자리를 차지해왔다. 눈길을 끌 정도로 화려하진 않지만 자세히 보면 수
많은 사연을 가진 조연 배우 같아 보이기도 한다. 한편 그들은 철저히 관
념적이다. 단어 카드에 그려진 이미지처럼 전형적이고 흠잡을 데 없는 명
백한 사물의 이미지. 피타고라스가 머릿속에서 상상한 삼각형처럼 완벽

◆

하진 않겠지만 나에게는 더하기도 덜어내기도 필요 없는, 군더더기 없는
모습의 사물들이다.

세상에는 셀 수 없을 만큼의 다양한 사물들이 있다. 그런데 왜 하필 이
세 가지 사물일까. 모자일 수도 있고, 시계일 수도, 공책이나 동전일 수도
있지 않은가. 아니면 구슬이나 개, 또는 안경일 수도 있는데 말이다. 특별
한 이유가 없어 보이지만 파고 들어가면 뭔가를 밝혀낼 수 있을지도 모른
다. 그들이 사물이라는 선입견을 잠시 접어두고 그들을 바라보기로 했다.
그러면 보이지 않던 부분들이 보이기 시작할지도 모르기에.

열매

열매는 물방울 모양으로 놓여 있다. 사뿐히 놓여 둥그런 그림자를
드리우고 있다. 한때는 벌레와 새들이 이 열매를 갈망했을 것이다.
과거의 미모를 그리워하는 중년의 여성처럼, 열매는 속으로 애꿎은
시간을 탓하고 있을 것이 분명하다. 예전에는 분명 고운 빛깔의 빛
이 났겠지. 지금은 시간을 가지고 자세히 들여다보아야 알 수 있는
아름다움이다. 그래서 나쁠 것도 없다. 오랜 시간 시선을 붙잡아둘
수 있을 테니까. 예전에는 감추어져 있던 것들이 이제 슬금슬금 나
올 때도 되었다. 엉덩이 근처에 있는 상처는 이제 감추려 해도 감출
수 없다. 어디서 차가운 무엇에 부딪혀 살을 깎이는 아픔을 겪어야

했던 것일까. 아무쪼록 이제는 그 아픔이 아득한 기억이 되었기를
바라본다.

태어난 나뭇가지를 기억할 수 있을까? 안락한 곳을 떠나야 할 운명
을 짐작할 수 있었던 유년기는? 아무것도 모르는 척 한 입 베어 먹
을 수도 있지만 나는 그러고 싶지 않다. 농익은 과즙을 맛보고 배
꼽을 '후' 하고 뱉어버릴 수도 있지만 그러지 않을 것이다. 그저 이
렇게 놓인 그대로 놔두고 오래도록 바라볼 생각이다. 점점 바래가
는 색을 바라보며 쓸쓸한 웃음을 짓겠지만 그것마저도 좋다. 나는
그런 쓴맛을 무척 좋아하니까. 하지만 누군가 너를 탐낸다면 나는
어쩔 수 없이 너를 내주어야 하겠지. 그러면 너는 나에게 텅 빈 자
리로 기억될 것이다.

무화과는 열매가 아닌 꽃이다. 이 사실을 안 지는 얼마 되지 않았다. 나는 머리가 멍해질 정도로 놀랐다. 무화과는 꽃들을 품고 있는 연약한 열매 덩어리였던 것이다. '무화과(無花果)'라는 이름으로 그 사실을 알리고 있었지만 나는 알아채지 못했다. 그 많던 씨와 고운 붉은 빛깔 과육이 스스로를 감추고 부끄러워하는 모습이었다는 것을. 밖으로 피어나지 못한 아주 작은 꽃봉오리들을 나는 아무렇지도 않게 한 입 가득 베어 먹었다. 물론 이 사실을 일찍이 알았다고 하더라고 별수 없었겠지만.

무화과와 나는 특별한 인연인 것이 분명하다. 첫 만남도 생생히 기억한다. 어느 해 여름의 일이다. 인천에 사는 우리 가족은 여름마다 배를 타고 가까운 섬에 놀러 가곤 한다. 인천에는 셀 수 없이 많은 섬이 있는데 섬마다 느낌이 달라서 책자를 보며 자신에게 맞는 섬을 찾아야 한다. 여

름 휴가철이 다가와 동생과 함께 섬을 고를 때면 마치 부자가 된 듯 행복
하다. 가방은 수영복과 간식거리로 커다랗게 부풀어 있고, 항구에 도착
해 배를 기다리는 우리의 마음도 부풀어 오른다. 그렇게 승봉도, 자월도,
백령도, 대이작도, 덕적도에 가보았다. 그리고 덕적도에서 무화과와의 인
연이 시작되었다.

나는 여행을 가면 그곳에 다시 못 올지도 모른다는 생각으로 카메라를
들고 한순간도 놓치지 않고 사진을 찍으려 한다. 그날도 그랬다. 덕적도
의 한 민박집에서 하루 묵고 아침에 카메라를 들고 나섰는데, 그 전날에
는 보이지 않던 신기한 식물이 눈에 들어왔다. 연초록빛의 내 키만 한 나
무로, 열매는 보호색으로 감추어진 듯 갈라진 줄기 사이사이에 조용히
맺혀 있었다. 신기했고, 마음에 들었다. 바로 카메라를 들고 사진을 찍었

다. 한참 뒤에 그 사진을 보고 사진 속 열매가 '무화과'인 것을 알게 되었다. 무화과는 내가 이름을 부르기도 전에 내게 와서 꽃이 되어준 것이다. 이렇게 첫 만남을 가진 후에 예기치 않게 보게 된 미셸 오슬로 감독의 영화 〈프린스 앤 프린세스〉에서 무화과와 두 번째 만남을 가졌다. 영화는 여러 개의 짧은 이야기들로 이루어져 있는데 그중 하나인 순수한 소년과 여왕의 이야기에 무화과가 등장한 것이다.

한 소년이 겨울에 열린 무화과 열매를 발견하고는 여왕에게 바친다. 무화과의 맛에 반한 여왕은 소년에게 큰 상을 내린다. 이를 질투한 여왕의 재무 대신은 억울한 누명을 소년에게 덮어씌우려 하지만, 결국 제 꾀에 넘어가 죽고 만다. 실루엣 애니메이션임에도 불구하고 여왕이 맛있게 베어 먹는 무화과의 맛과 향기가 전해지는 듯했다. 영화를 본 후 한동안 빵에 무화과 잼을 발라 먹으며 소년과 여왕을 떠올리곤 행복해했다.

나는 소박한 파티를 좋아한다. 각자 만든 음식들과 술, 만나고 싶은 사람들과 함께하는 파티. 독일에 3개월 정도 머무를 때, 그런 파티가 몇 번 있었다. 내가 준비한 음식은 늘 무화과 카나페. 바삭한 크래커 위에 크림치즈를 바르고 무화과를 한 조각씩 올린 카나페는 색감도 맛도 마음에 들었다. 사람들도 처음엔 생소해했지만 맛을 보곤 모두 좋아했다. 나는 파티를 즐기기보단 무화과 카나페를 만드느라 정신이 없었던 것 같다. 나중에 나이가 들어 작은 정원이 있는 주택에 살게 된다면 무화과나무를 여러 그루 심어 우리 집을 방문하는 사람들에게 그 아름다운 열매를 선물하고 싶다.

1 열매, 2011, acrylic on canvas, 24.5 x 19.0 cm
2 열매, 2014, watercolor on canvas, 40.9 x 27.3 cm

돌

혼자 힘으로는 아무 데도 갈 수 없지만 다른 곳으로 데려다줄 외부의 힘이 끊이지 않을 것이다. 바람과 비, 사람들의 발길질, 지진, 돌 수집가들…… 혹은 몸이 여러 개로 나뉘어 동시에 여러 곳에서 지구를 관찰하게 될 수도 있다. 돌에게 입이 있다면 밤새도록 재미있는 이야기가 이어질 것이다. 오랜 시간 보고 들은 것들을 그저 나열하기만 해도 분명 최고의 모험담이 만들어질 것이다. 이야기가 끝나면 돌은 나를 보고 고작 책 한 권 속의 한 문장 같은 삶을 산다며 웃을 것이고, 그러면 나는 지루하고 지루한 인생이라고 돌을 놀릴 것이다. 물론 짓궂지만 진심은 아니라는 것을 둘 다 알고 있을 것이다. 어쩌면 서로의 삶을 부러워한다는 사실까지도.

캔버스 위에서 돌은 한없이 관대하고 배려심 깊은 사물이다. 어떤 색도 배척하지 않고 모두 포용한다. 돌을 그릴 때, 전체적인 형태만 지킨다면 색은 무엇이라도 좋다. 머뭇거릴 필요 없이 내가 좋아하는 색 물감을 풀어서 돌의 형태 안에 점을 찍어나가면 된다. 밑바탕이 되는 미색을 칠한 후에 짙은 푸른색(Ultra marine)을 찍고, 붉은색(Crimson lake), 탁한 노란색(Cadmium yellow deep with Compose green), 이파리의 초록색(Sap green)······ 순차적으로 느낌에 따라 겹치고 겹치다 보면 하얀색이었던 캔버스 천의 한 부분에 서서히 거친 돌이 모습을 드러낸다. 크기만 달리하면 산도, 바위도, 자갈도, 모래도 될 수 있다. 이렇게 그려진 다양한 돌들은 화면에서 주연 아닌 주연 역할을 맡게 된다. 주인공이 되기에는 조금 부족하지만 주인공 옆에서 큰 역할을 수행하는 감초라고 할 수 있다.

돌들은 화면 맨 앞에 나서서 등장인물의 쑥스러움을 감춰주기도 하고, 때로는 화면 뒤쪽에서 관객의 눈을 즐겁게 해준다. 앞에서 소개한 〈소금 성〉이라는 작품에서 돌들은 스스로 부수어져 소금이 되었다가 다시 뭉쳐 져 성이 되었다. 비가 오면 금방 사라질 것 같은 성. 누군가의 상상 속에 서나 영원할 수 있는 비운의 성. 그곳에서는 해와 달과 별이 규칙에 얽매 이지 않고 자유롭게 떠다닌다. 충돌도, 서로에 대한 미움도 없다. 오른쪽 의 〈연극〉에서 돌들은 등장인물들과 함께 춤추고 있다. 눈에 드러날 만 큼 동적인 자세는 아니지만 그들 스스로 흡족해할 만한 어떤 춤을 만들 어내고 있다.

연극, 2013, watercolor on canvas, 91.0 x 116.8 cm

그리고, 나에겐 마법의 돌이 있다. 백령도에 가족 여행을 갔을 때였다. 해변을 찾다가 '콩돌해변'이라는 곳을 발견하고 그곳에서 수영하며 놀고 있었다. 모래사장이 깔려 있는 보통의 해변가와는 달리 그곳엔 모래 대신 이름처럼 콩알만 한 돌들이 있었다. 맨발로 걸을 때마다 콩돌이 부딪치는 소리가 좋았고 바닷물도 맑았다. 한참을 시간 가는 줄 모르고 놀다가 잠자리로 돌아갈 때가 되었다. 이 해변이 곧 그리워질 것만 같았다. 기념으로 돌을 주워 가려고 해변 길을 따라 걸었다. 그러던 중에 눈앞에 신기한 것들이 보였다. 콩돌이 다양한 색을 띄고 흩어져 있었는데 그때 내 눈에 들어온 것들은 평범한 콩돌이 아니었다. 신비한 에메랄드 빛을 띤 작은 돌들이 처음에는 대여섯 개, 그러다 열 개, 스무 개, 아니, 그보다 더 많이 눈에 들어왔다. 나는 무언가에 홀린 듯 그것들을 수영복 치맛자락에 주워 담았고, 혹시 그 신비한 기운이 빠져나갈까 봐 조용히 엄마에게 가져가 자랑했다. 엄마는 나만큼 놀라지도, 궁금해하지도 않으셨다. 이건 결코 평범한 돌들이 아닌데!

텐트를 접고 떠날 때가 되었을 때 엄마는 내게 설명해주셨다. 아주 오래전에 누군가가 음료수를 마시고 병을 깨뜨려버렸는데, 파도가 쉴 새 없이 그것을 깎고 다듬어 그렇게 만들어놓은 것이라고.

내가 발견한 마법의 돌이 흔한 음료수 병 조각이었다니…… 실망이 너무 컸지만 그렇다 하더라도 파도가 만들어낸 흔하지 않은 조각들이니 영원히 간직하기로 마음먹었다. 그 병 조각들, 아니, 그 마법의 돌들을 나는 거울이 달린 자그마한 장식함에 담아 아직까지 간직하고 있다.

소년, 2014, watercolor on canvas, 40.9 x 31.8 cm

비슷한 걸음, 2013, watercolor on canvas, 72.7 x 60.6 cm

구두

구두가 한 짝 놓여 있다. 구두는 위로가 필요한 것 같다. 또각또각
굽 소리를 내며 걸을 때 가장 보람찼겠지만, 주인을 잃고 자신의
짝마저 잃은 구두는 이제 더 이상 일을 할 수 없다. 상실감 때문에
슬퍼하고 있는 한 짝의 구두를 나는 조용히 위로해준다. 언제 끝날
지 모르는 이 휴식을 긍정적으로 받아들일 수 있도록.
이 뾰족한 구두 한 짝은 흙 속에서 수차례 뒹군 듯 흠집도 많고 먼
지도 많이 묻어 있다. 그래서 더 슬퍼 보이는지도 모르겠다. 집을
나서며 아끼는 구두에 발을 살포시 넣었을 누군가가 점점 더 궁금
해진다. 어떻게 한 짝만 잃어버리게 된 것일까. 아니, 구두를 훔쳐

가다가 실수로 한 짝을 떨어뜨린 것이라면? 다른 한 짝을 가지고
있는 그 누군가는 도대체 누구일까? 그는 지금 무슨 생각을 하고
있을까? 구두 한 짝을 바라보며 나와 똑같은 질문을 던지고 있을
지도 모른다. 신발장 구석에 넣어두고 새까맣게 잊어버린 채 하루
하루를 보내고 있을지도…… 알 길이 없다.

구두는 나의 산책길 앞에 놓여 있었고, 나는 발걸음을 멈추어 그
것을 자세히 들여다보고 있다. 구두 한 짝이 어떻게 길 한가운데에
서 사람 눈에 띄게 되었는지, 이전의 상황은 상상에 맡길 수밖에
없다. 나는 구두에 손을 뻗어 몰래 가져가거나, 전혀 다른 맥락 속
으로 데려가거나, 혹은 못 본 척 무심하게 지나쳐버릴 수도 있다.

누군가 숨어서 훔쳐보고 있다면? 그가 구두를 먹잇감처럼 놓아두고 다른 누군가가 오기를 기다렸다면, 내가 이 구두를 가져가는 순간 새로운 이야기가 펼쳐질 것이다.

신발을 잃어버리는 것은, 더군다나 한 짝만 잃어버리는 것은 흔한 일이 아니다. 신발 한 쌍이 아닌 한 짝만 가지고 할 수 있는 일은 거의 없기 때문에 만약 누군가가 신발을 한 짝만 훔쳐 갔다면 그것은 바로 버려지거나 하찮은 장식물이 되었을 것이다. 이렇듯 둘이 하나의 짝을 이루고 있는 것에는 긴장감이 흐른다. 한 쪽이 없으면 의미가 없어지므로 둘은 항상 서로를 지켜주어야 한다.

0과 1, 그리고 1과 2는 서로 똑같은 간격을 유지하는 숫자들이다. 하지만 0과 1 사이에서 느껴지는 간격보다 1과 2 사이의 간격이 더 크게 느껴진다. 하나에서 둘이 되는 것은 기적처럼 느껴지기도 한다. 둘이 되면 할 수 있는 일이 많아지기 때문이다. 서로를 거울처럼 바라볼 수도 있고, 맞부딪혀 소리를 낼 수도 있다. 서로에게 어울리는 이름을 붙여줄 수도 있다. 하지만 이렇게 할 수 있는 일이 많아지는 대신, 2가 다시 1과 1이 되면 더 이상 그 전의 1과 1이 아니게 된다. 무작정 산 편도 티켓으로 먼 곳에 갔다가 다시는 돌아올 수 없게 된 상황처럼 1이 2가 되는 것은 돌아올 수 없는 강을 건너는 것과 마찬가지다. 이처럼 일반적으로 두 개가 짝을 이루어야 하는 것이 하나만 보인다면 불안한 분위기가 풍길 것이다.

늑대는 더 이상 그곳에 나타나지 않았습니다, 2011, watercolor on canvas, 72.7 x 60.6 cm

〈늑대는 더 이상 그곳에 나타나지 않았습니다〉는 하나가 되어버린 불안
에 대한 이야기다. 한쪽 구석에 떨어져 있는 구두가 슬며시 눈에 들어온
다. 수풀로 주위가 둘러싸인 곳에서, 구두는 주인이 다시 돌아올 거라는
희망을 가지고 있을까.

구두의 운명은 두 갈래 길 앞에 놓여 있다. 바람대로 자신의 자리로 돌아
가 만족스러운 결말을 맞을 수도 있고, 전혀 모르는 어떤 이의 손에 들려
가 모험 속 주인공이 될 수도 있다. 두 갈래 길 중 어느 쪽이라도 괜찮다.
끝까지 따라가보면 분명 만족스러운 결말이 기다리는 목적지에 도착해
있을 테니.

알 수 없는 도착지, 2012, watercolor on canvas, 65.1 x 80.3 cm

◇

공
원,

산
책

　　　　　　　　공원은 갇힌 자연이다. 갇혔지만 풍요로운 자연
이다. 공원에 가면 계절의 흐름과 날씨의 변화를 단번에 느낄 수 있다. 집
근처에 있는 '부평공원'은 나에겐 정말 중요한 장소다. 생각할 거리가 많
을 때는 정리를 도와주고, 머릿속이 멍할 때는 미뤄뒀던 고민들이 떠오
르게 해준다. 오래되어 낡은 MP3로 노래를 감상할 수 있게 산책로도 만
들어준다.

몇 년 전만 해도 우리 집 근처엔 산책할 만한 큰 공원이 없었다. 베란다
에서 밖을 내다보면 두 덩어리의 미군부대가 커다란 땅을 차지하고 있었
고, 여기저기 공격적인 말투의 현수막들이 걸려 있었다. 언제부터 변화가
시작된 것인지는 모르겠지만, 누군가의 치열한 싸움 덕분에 우리 동네
사람들은 마침내 한 덩어리를 공원으로 돌려받게 되었다. 처음에는 찾는

사람들이 별로 없었던 것으로 기억하는데, 지금은 모두에게 사랑받는 공간이 되었다.

공원에 있는 나무들과 흙, 꽃들, 그리고 연못들은 시간의 흐름을 충분히 표현해주고, 사람들은 그곳에서 다양한 이야기와 추억 들을 만들어간다. 나는 산책과 운동의 중간쯤 되는 걷기를 하러 공원에 자주 간다. 빠른 노래로 가득 찬 답답한 헬스장보다 냄새 좋은 공원이 더 좋다. 날마다의 일정에 따라 공원에 가는 시간은 달라지는데, 요일과 시간대에 따라 규칙적으로 달라지는 공원의 모습을 관찰할 수 있어 재미있다. 해가 지는 저녁에는 퇴근 후에 들른 듯한 직장인들이 보인다. 그들은 불편해 보이는 구두를 신고 모양 잡힌 가방을 들고 천천히 공원 둘레를 걷는다. 운동복을 갖춰 입은 사람들은 자못 빠른 속도로 둘레를 돈다. 노을이 질 무렵

풀밭에선 막걸리를 들고 격식 없이 둘러앉은 할아버지들이 벌게진 얼굴을 하고 담소를 나눈다(크게 틀어놓은 트로트에 가끔 깜짝 놀란다). 저녁 식사 시간 즈음에는 동그랗게 만들어진 푹신한 운동장에서 아이들이 뛰어논다. 보조 바퀴가 달린 네발자전거를 연습하기도 하고, 공을 주고받기도 하고, 술래잡기를 하기도 한다. 전에 본 적 없는 신기한 장난감 자동차를 타고 주변을 달리기도 한다. 강아지들은 항상 많다. 작고 귀여운 몰티즈와 포메라니안, 몸집 큰 골든리트리버, 사모예드, 알래스카 말라뮤트에 이르기까지 다양한 종의 개들이 주인과 속도를 맞추며 산책을 즐긴다. 한편, 해가 높이 떠 있는 낮에는 공원의 시간이 늘어진다. 식물들은 때맞춰 활발히 광합성을 하고 있겠지만, 사람들의 시간은 한없이 늘어지고 게을러지는 느낌이다.

계절의 소식도 공원에 가장 먼저 와 닿는 듯하다. 해가 늦게 뜨는 겨울 아침에 무릎까지 오는 긴 패딩 점퍼를 입고 공원에 가면 손님은 나뿐이다. 가끔 산책자들을 마주치는데, 우리는 서로에게 티 나지 않게 놀란다. 바삭하게 마른 나뭇가지들이 엉성한 뜨개질처럼 얽혀 있고, 흙은 만지지 않아도 알 수 있을 만큼 차갑게 굳어 있다. 그러다 입춘이 지나고 겨울의 저항력이 물러날 때가 될 즈음엔, 손톱보다 작은 들꽃들이 풀밭에 옹기종기 피어나 있다. 겨울이 지나고 봄이 오면 얼음이 녹고 새순이 돋아나는 것이 너무나 당연하지만, 실제로 공원에서 목격한 봄의 얼굴은 나를 놀라게 하기에 충분하다. 활자를 읽기도 전에 사진으로 내용을 알게 된 신문의 1면처럼, 공원에서 맞이한 봄의 모습은 그렇게 놀랍다. 하루, 일주일, 한 달을 단위로 공원은 부지런히 계절을 따라가고 사람들도 발맞춰

옷차림을 바꿔간다. 그늘막 텐트가 여름 공기와 모기를 좇아 여기저기에 버섯처럼 피어나고, 또다시 더위가 잦아들고 찬바람이 불기 시작하면 공원은 한 번 더 옷을 갈아입을 준비를 한다.

◇

알
수
없
는
여
정

　　　　목적지를 향해 가다가 시간이 여유롭게 남을 때
면 일부러 비효율적인 길을 선택해본다. 최단 시간이 걸리는 노선 대신
멀리 돌아가지만 한강 경치를 볼 수 있는 노선의 버스를 타보기도 하고,
가보지 못한 생소한 동네를 가로질러 가는 노선을 선택해보기도 한다. 지
하철로 가다가 한 정거장 전에 내리거나 한 정거장을 더 가서 내려 걷기
도 한다. 최대한 시간을 절약하는 것이 요즘의 미덕이라고 할 수 있지만
이렇게 가끔씩 일부러 비효율적인 길로 가보려고 한다. 예상 밖으로 시
간이 많이 걸리면 바보 같은 선택이라고 스스로를 꾸짖지만, 항상 '효율
적인' 방향을 추구하는 세상에서 한 번쯤 소심하게 반항하는 청개구리가
되었다고 생각하면 나름대로 가치 있는 시간이었다고 인정하게 된다.
이러한 여정 중에 '불필요하게' 마주하는 풍경들은 새로운 의미로 다가온

◆

다. 풍경은 자연스럽게, 그리고 당연하게 스쳐 지나가기보다 자신이 어떤 느낌을 주느냐고 끊임없이 질문을 던진다. 이런 알 수 없는 여정이 항상 기분 좋게 끝나는 것은 아니다. 그래도 괜찮다. 그럴 때조차 어디서도 느껴보지 못한 새로운 시각과 태도를 한 번쯤 경험하게 되니 말이다.

◇

작업의 의미

　　　　　　작업을 한다는 것은 무심히 흘러가는 현재의 순간을 기록하고 담아두려는 시도이다. 잠시 스쳐 갔지만 너무도 아름다웠던 사람의 이름을 잊지 않고 기억하는 것이고, 상실의 아픔을 준 어떤 존재의 사진 한 장을 간직하는 것이다.

스냅사진만으로는 모든 것을 담을 수 없고 일기장에는 당시의 다양한 시점을 담을 수 없다. 생각은 항상 변화한다. 흘러간다. 흘려보내고 나면 공허하다. 현재의 생각을 현재의 방식으로 기록할 무언가가 필요하다.

◇

꿈의 기록

막연한, 뚜렷하게 묘사할 수 없는 동화적인 꿈.

그 꿈을 더 이상 내 안에 가두어둘 수 없다고 느꼈을 때,

그리기 시작했다.

◇

비
탈
진
언
덕
에
서

　　　　　　　텅 빈 캔버스에 손을 대기 전에, 주인공의 위치
를 생각한다. 지루하지도, 치우치지도 않은 자리를 주인공에게 가장 먼저
내어준다. 그리고 주인공에게 알려준다.
"너의 위치에 맞는 무언가를 보여줘야 해. 그렇지 않으면 의미 없는 색과
선 들이 너를 덮어버리고 끌어내리려 달려들 거야."

두려움을 느낀 주인공은 평소에 잘 알고 지내던 사물들을 부른다. 그리고
그들과 손을 잡는다. 하지만 그들, 사물들 역시 관심받고 싶은 열망으로
가득 차 있고, 주인공은 완전히 마음을 내려놓을 수 없다. 그들은 서로 의
지하는 동시에 서로를 견제한다.
주인공은 자신의 발아래를 보살핀다. 자신이 서 있는 장소가 언제 어떻

게 다른 무엇으로 변해버릴지 모르기 때문이다. 부유하는 공간이 될지, 풀밭이 될지, 높은 산의 중턱이 될지, 버려진 공간이 될지 끝까지 확신할 수 없다.

그런 다음 주인공은 스스로 어떤 도형처럼 몸을 이리저리 움직인다. 한 번에 괜찮은 모양새가 나오지 않는지 몇 차례 반복해서 연습한다. 텅 빈 흰 공터에는 거울이나 연못이 없기 때문에 양옆과 위아래로 조금씩 몸을 바꾸어보며 모습을 가늠해볼 뿐이다. 어림의 감각에 맡겨볼 뿐이다.

텅 비어 있던 화면이 하나둘 채워지면, 주인공은 어안이 벙벙해진다. 자신이 왜 그곳에 있는지 누구도 알려주지 않기 때문이다. 예리한 눈치로도 알아챌 수가 없다.

거울이 없는 방에서만 갇혀 지낸 사람은 자신이 어떻게 생겼는지 어떤 모

비틀진 언덕에서, 2013, watercolor on canvas, 65.1 x 53.0 cm

습인지 전혀 알 수가 없을 것이다. 같이 있는 누군가가 있다면 서로의 생 김새를 묘사해줄 수도 있겠지만 그마저도 불가능하다.

다시 한 번 주인공은 마음을 다잡았다. 자신이 어떻게 생겼든 상관하지 않기로. 자신이 어떤 욕구를 가지고 있으며 지금 무엇을 하고 싶은지에 만 신경을 쓰기로. 그리고 몸이 말하는 희망 사항에 귀를 기울이기로.

◇

언제나 '무제,'는 기다림

작품의 제목을 짓는 일은 무엇보다 재미있는 일이기도 하지만, 수학 경시대회 문제만큼이나 난해한 일이기도 하다. 회화 작업에서 제목은 작업 방향을 언어로 나타낼 수 있는 유일한 창구이기 때문에 가볍게 생각할 수 없다. 그렇다고 너무 무겁게 여기는 것도 좋지 않을 것이다. 적당히 설명적이고 적당히 은유적이면서도 작품과 어울리는 제목. 말은 쉽지만 그 '적당히'가 어렵다. 요리할 때 재료를 '적당히' 넣는 것이 가장 어렵듯이.

멀리서 작품을 보고 다가가서 제목을 확인한다. 그런데 제목이 '무제'라면, 보는 이는 불친절하다고 느낄 것이고 어쩌면 기분이 상할지도 모른다. 나 역시 궁금해서 다가가 확인한 제목이 '무제'일 때는 작가가 미워진다. 시원한 대답을 듣고 싶어 찾아간 해결사에게서 연신 모른다는 말만

듣고 올 때의 그 답답한 기분이다.

제목이 '무제untitled'인 이 작품의 숨은 부제는 '네 명의 남자들'이다. 잘 어울리는 제목을 지어주고 싶었지만 제목이 될 만한 좋은 말을 끝내 찾지 못했다. 제목에서는 암시적인 단서만 던져주고 싶었는데 나의 언어는 그 미묘한 차이를 잘 표현해주지 못했다. '네 명의 남자들'은 누구나 쉽게 읽을 수 있는 이미지로 너무 직접적이었고, 커다란 덤불이나 날아가는 새, 붉은 나무들, 별들도 화면에 온전히 드러나 있기 때문에 제목으로 쓰는 것은 반복적이고 지루한 말이 될 것이 분명했다.

모든 것을 드러내는 것보다 감추는 쪽이 궁금하고 매력적이다. 그런 그림을 그려보고 싶었다. 〈untitled〉의 캔버스 안과 밖에는 사건이 있는데, 많은 것들이 가려져 보이지 않는다. 이 그림을 보는 사람들은 스스로 찾을 수 있는 최소한의 증거 조각들을 가지고 이야기를 추리하고 머릿속에 그려내야 한다.

캔버스에 그려진 그림을 보면 자연스럽게 시선의 방향을 따라가게 된다. 〈untitled〉 속의 네 명의(어쩌면 다섯 명의) 남자들은 캔버스 바깥쪽을 응시하고 있다. '다섯 명의 목격자'라고 할 수도 있을 것이다. 하지만 이 목격자들이 무엇을 보고 있는지 그림은 말해주지 않는다. 다시 보면 그들은 몸을 숨기고 있는 것처럼 보이기도 한다. 커다란 덤불 뒤에 모여서 중요한 무언가를 감추고 있을지도 모른다. 붉은 나무 사이로 낮게 나는 새는 어딘지 모르게 불안해 보이고, 나무에 낮게 걸린 별의 무리도 불편하게 느껴진다. 이야기의 시작도 끝도 알 수 없는 이 그림은 열려 있는 그림이라고 할 수 있다. 문도 열쇠도 없는 집, 누가 어떤 목적으로 들어오든

문제될 것이 없는 공공의 장소 같다.

이 그림은 나의 오래된 취미와도 닮아 있다. 사람들은 대부분 무언가의 수집가일 것이다. 수집 기간이 짧든 길든, 많이 모았든 조금 모은 후에 끝냈든 누구나 한 종류 이상의 물건을 모으고 있을 것이다(수집과는 거리가 멀다고 생각하는 사람도 지갑에는 영수증이 쌓여가고 있을지도 모른다). 나에게도 오래된 수집 취미가 있다. 나는 어딘가 비어 있는 물건을 좋아한다. 내가 조금이라도 들어갈 수 있는 자리가 남아 있는 물건들을 만나면 다소 불합리한 가격이라도 사게 된다. 이런 내가 가장 매력을 느끼는 물건들은 엽서, 편지지, 무선 노트이다. 빈자리가 남아 있는 이 세 가지 물건들은 그 자체만으로는 큰 의미가 없다. 엽서와 편지지는 누군가를 생각하며 마음을 담은 글을 써서 보내야 완성되고, 노트는 그때그때 생각난 메모와 드로잉을 차곡차곡 쌓아나가야 완성된다. 내가 사용함으로써 완성되는 물건이기에 필요할 땐 언제든 사용할 수 있도록 모아두고 있다.

〈untitled〉도 자신을 완성해줄 누군가를 기다리고 있다. 내가 붓을 놓으면서 완성은 되었지만, 이야기는 아직 완결되지 않았다. 오늘도 네 명의 남자들은 누군가를 기다리며 작업실 한쪽에서 꾸벅꾸벅 졸고 있다.

◇

흰
고
깔
모
자

주목받는 사람이 되고 싶었다. 하지만 소년은 영
화배우가 될 만큼 잘생기지 않았고, 키가 훤칠하게 크지도 않았으며, 재
주가 뛰어나지도 않았다.

내일은 소년의 생일이다. 소년은 여름이 끝나고 겨울로 넘어가는 그저 그
런 계절에 태어났다. 태어난 날은 일요일이었다. 일요일에 태어난 아이는
사랑받는다는 비밀을 어떤 할머니께서 알려주셨지만, 소년은 믿지 않았
고, 현실도 그 말과는 달랐다.

소년은 생일 파티 때 흔히 쓰는 고깔모자를 고르러 갔다가 실망하고 집
으로 돌아왔다. 주인공처럼 '짠' 하고 나타나기엔 너무 볼품없었다. 장
식물이 주렁주렁 달려 있었음에도 너무나 평범하게 느껴졌다. 소년은
침대에 앉아 곰곰 생각해보았다. 이제 하룻밤만 자고 나면 생일이었고,

멋진 생일날을 만들어주러 친구들이 선물을 가지고 하나둘 집으로 올 것이었다. 그런데 정작 소년 자신은 주인공처럼 멋지지 않은, 그저 매일 매일의 평범한 아이에 불과했다. 소년은 고민하다가 그만 잠이 들었다. 소스라치게 놀라며 잠에서 깬 소년은 아침이 밝아오는 것을 알고는 조급해졌지만, 잠시 후 편안한 웃음을 지으며 옷장 옆에 모아둔 종이 뭉치에서 가장 큰 흰색 도화지를 집어 들었다. 짧은 쪽 길이를 반지름으로 잡고 돌려서 부채꼴 모양을 그렸다. 선을 따라 가위로 잘라 둥글게 만든 뒤에 부채꼴의 바깥쪽 모서리를 맞닿게 해 테이프로 고정시켰다. 바닥에 세우자 그것은 소년의 가슴 높이까지 왔다. 소년은 만족스러웠다. 거실에서는 분주한 발소리가 들려왔고, 친구들은 거의 다 도착했는지 소년의 이름을 불렀다. 소년은 모두를 놀래줄 생각에 들떴다.

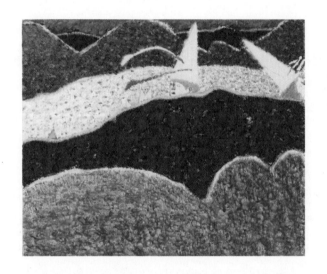

◆

218

흰색 고깔모자를 멋지게 쓰고 거실로 나가는 순간, 친구들은 환호성을 지르며 소년의 모자에 대해 칭찬을 쏟아냈다. 그리고 생일 축하 노래를 불러주었다. 그야말로 행복한 순간이었다. 친구들의 선물은 우열을 가리기 어려울 정도로 모두 마음에 들었고, 촛불을 끈 케이크는 그 무엇보다 달콤했다. 소년의 마음속에는 매일매일이 생일이었으면 좋겠다는 생각뿐이었다.

'매일 이런 기분으로 살 수 있다면!'

밤이 깊어 침대에 누웠을 때, 지는 해와 뜨는 달, 그리고 어두워진 밤하늘이 미웠다. 내일이면 자신은 다시 키 작은 아이로 돌아갈 것이고, 오늘과 같은 주인공이 되려면 300일이 넘는 밤이 지나야 했으니 말이다.

다음 날 아침, 소년은 다시 흰 고깔모자를 썼다.

'누가 뭐라 해도 난 언제나 이 모자를 쓰고 다닐 거야. 그러면 매일 주인 공처럼 행복하게 살 수 있겠지.'

일주일이 채 되지 않아 동네 사람들 거의 다가 '흰 고깔모자 소년'을 알게 되었다. 동네 어른들은,

"어머나, 너구나. 흰 고깔모자 아이. 오늘도 어김없이 멋있는 모습이구나. 좋은 하루 보내렴."

이렇게 인사를 건네며 관심을 보이고 예뻐했다.

더 많은 날들이 지나자 소년이 기억하는 것보다 훨씬 더 많은 사람들이 멀리서 고깔모자를 알아보고는 다가와 소년과 즐겁게 대화를 나누었다. 과자를 사러 잠시 나갈 때에도 사람들은 소년에게 말을 걸며 그냥 지나

치지 않았다. 소년은 가끔 귀찮아지기도 하고 전보다 훨씬 피곤해진 채로 잠드는 날이 많아졌지만, 행복했다. 하지만 그럴수록 걱정도 커져갔다. 혹시 이 모자를 벗으면 다시 예전의 평범한 아이가 되지 않을까.

'모자가 없으면 대화 거리도 없어질 텐데. 그러면 이제 아무도 내게 다가와 말을 걸지 않을 거야.'

그런 상황을 상상하는 것만으로도 소년은 두려움으로 가득 찼다. 어느 순간 모자가 주는 걱정과 불안이 행복을 앞질렀을 때, 소년은 잠들 때마다 악몽을 꿨다. 마음도 점점 지쳐갔다.

그러던 어느 날, 소년은 모자를 하루만 벗기로 결심했다. 딱 하루만. 모자를 벗은 후에 걱정하던 상황이 눈앞에 벌어진다면 그다음은 어둡고 막막할 것이다. 어쩌면 큰 병에 걸릴지도 모른다.

집을 나선 뒤 맨 처음 마주친 사람은 강아지와 함께 산책을 나온 할머니 였다. 벤치에 앉아 계셨는데, 강아지가 소년을 먼저 알아보고 꼬리를 흔 들었다. 놀랍게도 할머니는 침침한 눈을 뜨고 다가왔다.

"어머, 너로구나. 해피가 먼저 널 알아본 덕분이야. 이젠 눈이 예전 같지 않아. 하마터면 널 못 알아볼 뻔했잖니."

할머니는 소년이 모자를 썼는지 벗었는지 눈치를 못 챈 모양이었다. 소년 은 조금 놀랐다. 그러고 나서 큰 횡단보도를 건넜을 때, 소년은 가게 앞에 서 청소를 하고 있는 아저씨와 눈이 마주쳤다. 아저씨는 흐르는 땀을 닦 으며 소년에게 다가왔다.

"날씨가 참 덥지? 오늘은 모자를 두고 나왔나 보구나. 이마가 아주 잘생

겄다. 누구 닮았니? 엄마? 아니면 아빠?"

또 자전거를 타고 지나가던 형은,

"안녕? 그 파란색 줄무늬 셔츠, 멋진데?"

하고는 순식간에 지나갔다. 형의 자전거가 일으킨 바람에 소년의 티셔츠가 펄럭였다.

예상치 못한 사람들의 반응에 소년은 혼란스럽기도 했고 당황스럽기도 했다. 사람들의 말이 자신에게 하는 말인지 의심이 될 정도였다. 모자가 자신에게 어떤 의미였는지 알 수가 없었다. 아니, 이런 반응들도 모자 덕분일 수 있다.

소년은 정적이 흐르는 자신의 방에 들어와 라디오를 켰다. 그리고 고깔모자를 바닥에 눕혀 꼭짓점부터 아래로 내려오며 힘을 주어 납작하게 만들어 접었다. 둥글게 입체감 있었던 모자는 한순간에 납작한 흰 삼각형이 되었다. 한쪽은 아주 뾰족하고 한쪽 모서리는 둥근 이 삼각형은 침대 맞은편에 있는 벽걸이 시계 옆에 가장 잘 어울렸다. 소년은 두꺼운 테이프로 그곳에 삼각형을 붙여놓았다.

아침에 잠에서 덜 깬 상태로 삼각형을 보고 있으면 뜨겁게 덥힌 우유를 마신 것처럼 속이 따뜻해졌다.

epilogue

검은
연못

세수하러 나온 토끼의 얼굴도 비춰줄 수 없었던 검은 연못.

어느 날, 밤하늘에서 별 하나가 떨어졌고, 연못에게 작은 선물이 되었다.

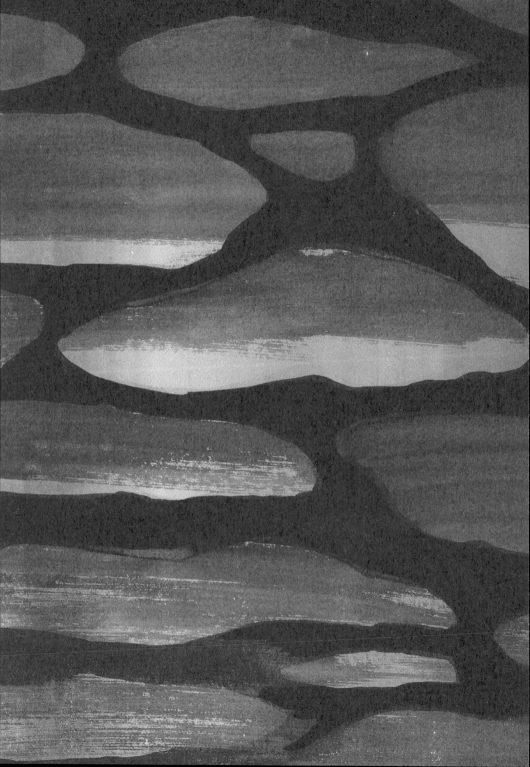

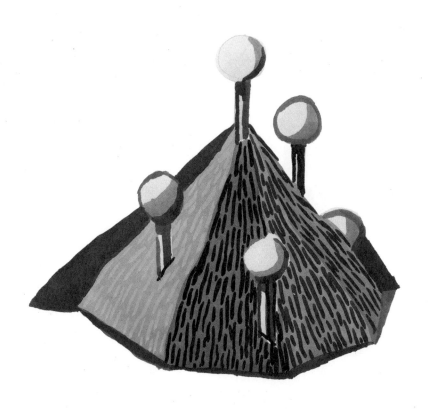

그림이 된 생각들

초판 1쇄 인쇄 2015년 1월 9일
초판 1쇄 발행 2015년 1월 15일

지은이 전현선
펴낸이 정중모
펴낸곳 도서출판 열림원

편집장 박은경 | 책임편집 김다미 | 디자인 박소희 이명옥 | 홍보 김계향
제작 윤준수 | 마케팅 남기성 이수현 | 관리 박지희 김은성 조아라

등록 1980년 5월 19일(제406-2003-026호)
주소 서울시 마포구 잔다리로 2길 7-0
전화 02-3144-3700 | 팩스 02-3144-0775
홈페이지 www.yolimwon.com | 이메일 editor@yolimwon.com

© 전현선, 2015
ISBN 978-89-7063-834-8 03810
● 책값은 뒤표지에 있습니다.

이 도서의 국립중앙도서관 출판예정도서목록(CIP)은 서지정보유통지원시스템 홈페이지(http://seoji.nl.go.kr)와
국가자료공동목록시스템(http://www.nl.go.kr/kolisnet)에서 이용하실 수 있습니다.(CIP제어번호: CIP2015000475)